LA LLAMADA DE LA SELVA

Jack London

Clásicos ilustrados
ISBN: 9798617846203

Todos los derechos reservados.
© Copia derecha 2014.

Ninguna parte de esto puede ser reproducida o transmitida de ninguna forma sin el permiso por escrito del editor, excepto por un revisor que puede citar breves pasajes para propósitos de revisión. Si está leyendo este libro y no lo ha comprado o ganado en ningún concurso de autor / editor, este libro ha sido pirateado. Elimine y apoye al autor comprando el libro electrónico a uno de sus muchos distribuidores. Este libro es una obra de ficción y cualquier parecido con cualquier persona, viva o muerta, en cualquier lugar, evento o acontecimiento, es pura coincidencia. Los personajes y las historias se crean a partir de la imaginación del autor o se usan de manera ficticia.

Table of Contents

Capítulo 1   7
Capítulo 2   21
Capítulo 3   32
Capítulo 4   49
Capítulo 5   59
Capítulo 6   77
Capítulo 7   93

Acerca London:

Jack London (January 12, 1876 – November 22, 1916), Nacido el 12 de enero de 1876 en San Francisco, California, USA.

Jack London, nacido el 12 de enero de 1876, fue un autor estadounidense, periodista,
 y activista social. Fue pionero en el floreciente mundo de los comerciales.
revista de ficción y fue uno de los primeros escritores de ficción en obtener celebridad mundial
 y una gran fortuna solo de su ficción.

Es mejor recordado como el autor de White Fang y The Call of the Wild,
 ambientada en la fiebre del oro de Klondike, así como en los cuentos "Para construir un fuego"
 y "The White Silence", ambos incluidos en esta colección completa de su corta ficción.

Sus cuentos abarcan mucho más que Northland. De California y Hawai,
 Para los mares del sur y más allá, Londres fue verdaderamente un maestro de la forma de cuento.

También se incluyen aquí muchos de los ensayos de Londres, como '' Los cazadores de oro del norte '', '' La dignidad de los dólares '', '' Lo que pierden las comunidades por el Sistema Competitivo '' y artículos de revistas, incluyendo una cuenta de las secuelas del terremoto de San Francisco de 1906, "A través de los rápidos en el camino hacia el Klondike" y "De Dawson al mar".

"And beyond that fire...Buck could see many gleaming coals, two by two, always two by two."

CAPÍTULO 1

La vuelta al atavismo
Nostalgias inmemoriales de nomadismo brotan
debilitando la esclavitud del hábito;
de su sueño invernal despierta otra vez,
feroz, la tensión salvaje.

Buck no leía los periódicos, de lo contrario habría sabido que una amenaza se cernía no sólo sobre él, sino sobre cualquier otro perro de la costa, entre Puget Sound y San Diego, con fuerte musculatura y largo y abrigado pelaje. Porque a tientas, en la oscuridad del Ártico, unos hombres habían encontrado un metal amarillo y, debido a que las compañías navieras y de transporte propagaron el hallazgo, miles de otros hombres se lanzaban hacia el norte. Estos hombres necesitaban perros, y los querían recios, con una fuerte musculatura que los hiciera resistentes al trabajo duro y un pelo abundante que los protegiera del frío.

Buck vivía en una extensa propiedad del soleado valle de Santa Clara, conocida como la finca del juez Miller. La casa estaba apartada de la carretera, semioculta entre los árboles a través de los cuales se podía vislumbrar la ancha y fresca galería que la rodeaba por los cuatro costados. Se llegaba a ella por senderos de grava que serpenteaban entre amplios espacios cubiertos de césped y bajo las ramas entrelazadas de altos álamos. En la parte trasera las cosas adquirían proporciones todavía más vastas que en la delantera. Había espaciosas caballerizas atendidas por una docena de cuidadores y mozos de cuadra, hileras de casitas con su enredadera para el personal, una larga y ordenada fila de letrinas, extensas pérgolas emparradas, verdes prados, huertos y bancales de fresas y frambuesas. Había también una bomba para -el pozo artesiano y un gran estanque de hormigón donde los chicos del juez Miller se daban un chapuzón por las mañanas y aliviaban el calor en las tardes de verano.

Sobre aquellos amplios dominios reinaba Buck. Allí había nacido y allí había vivido los cuatro años de su existencia. Es verdad que había otros perros, pero no contaban. Iban y venían, se instalaban en las espaciosas perreras o moraban discretamente en los rincones de la casa, como Toots, la perrita japonesa, o Ysabel, la pelona mexicana, curiosas criaturas que rara vez asomaban el hocico de puertas afuera o ponían las patas en el exterior. Una veintena al menos de foxterriers ladraba ominosas promesas a Toots e Ysabel, que los miraban por las ventanas, protegidas por una legión de criadas armadas de escobas y fregonas.

Pero Buck no era perro de casa ni de jauría. Suya era la totalidad de aquel ámbito. Se zambullía en la alberca o salía a cazar con los hijos del juez, escoltaba a sus hijas, Mollie y Alice, en las largas caminatas que emprendían al atardecer o por la mañana temprano, se tendía a los pies del juez delante del fuego que rugía en la chimenea en las noches de invierno, llevaba sobre el lomo a los nietos de Miller o los hacía rodar por la hierba, y vigilaba sus pasos en las osadas excursiones de los niños hasta la fuente de las caballerizas e incluso más allá, donde estaban los potreros y los bancales de bayas. Pasaba altivamente por entre los foxterriers, y a Toots e Ysabel no les hacía el menor caso, pues era el rey, un monarca que regía sobre todo ser viviente que reptase, anduviera o volase en la finca del juez Miller, humanos incluidos.

Su padre, Elmo, un enorme san bernardo, había sido compañero inseparable del juez, y Buck prometía seguir los pasos de su padre.

No era tan grande –pesaba sólo sesenta kilos– porque su madre, Shep, había sido una perra pastora escocesa. Pero sus sesenta kilos, añadidos a la dignidad que proporcionan la buena vida y el respeto general, le otorgaban un porte verdaderamente regio. En sus cuatro años había vivido la regalada existencia de un aristócrata: era orgulloso y hasta egotista, como llegan a serlo a veces los señores rurales debido a su aislamiento. Pero se había librado de no ser más que un consentido perro doméstico. La caza y otros entretenimientos parecidos al aire libre habían impedido que engordase y le habían fortalecido los músculos; y para él, como para todas las razas adictas a la ducha fría, la afición al agua había sido un tónico y una forma de mantener la salud.

Así era el perro Buck en el otoño de 1897, cuando multitud de individuos del mundo entero se sentían irresistiblemente atraídos hacia el norte por el descubrimiento que se había producido en Klondike. Pero Buck no leía los periódicos ni sabía que Manuel, uno de los ayudantes del jardinero, fuera un sujeto indeseable. Manuel tenía un vicio, le apasionaba la lotería china. Y además jugaba confiando en un método, lo que lo llevó a la ruina inevitable. Porque el jugar según un método requiere dinero, y el salario de un ayudante de jardinero escasamente cubre las necesidades de una esposa y una numerosa prole.

La memorable noche de la traición de Manuel, el juez se encontraba en una reunión de la Asociación de Cultivadores de Pasas y los muchachos, atareados en la organización de un club deportivo. Nadie vio salir a Manuel con Buck y atravesar el huerto, y el animal supuso que era simplemente un paseo. Y nadie, aparte de un solitario individuo, les vio llegar al modesto apeadero conocido como College Park. Aquel sujeto habló con Manuel y hubo entre los dos un intercambio de monedas.

–Podrías envolver la mercancía antes de entregarla –refunfuñó el desconocido, y Manuel pasó una fuerte soga por el cuello de Buck, debajo del collar.

—Si la retuerces lo dejarás sin aliento —dijo Manuel, y el desconocido afirmó con un gruñido.

Buck había aceptado la soga con serena dignidad. Era un acto insólito, pero él había aprendido a confiar en los hombres que conocía y a reconocerles una sabiduría superior a la suya. Pero cuando los extremos de la soga pasaron a manos del desconocido, soltó un gruñido amenazador. No había hecho más que dejar entrever su disgusto, convencido en su orgullo que una mera insinuación equivalía a una orden. Pero para su sorpresa, la soga se le tensó en torno al cuello y le cortó la respiración. Furioso, saltó hacia el hombre, quien lo interceptó a medio camino, lo aferró del cogote y, con un hábil movimiento, lo arrojó al suelo. A continuación apretó con crueldad la soga, mientras Buck luchaba frenéticamente con la lengua fuera y un inútil jadeo de su gran pecho. Jamás en la vida lo habían tratado con tanta crueldad, y nunca había experimentado un furor semejante. Pero las fuerzas le abandonaron, se le pusieron los ojos vidriosos y no se enteró siquiera de que, al detenerse el tren, los dos hombres lo arrojaban al interior del furgón de carga.

Al volver en sí tuvo la vaga conciencia de que le dolía la lengua y de que estaba viajando en un vehículo que traqueteaba. El agudo y estridente silbato de la locomotora al acercarse a un cruce le reveló dónde estaba. Había viajado demasiadas veces con el juez, para no reconocer la sensación de estar en un furgón de carga. Abrió los ojos, y en ellos se reflejó la incontenible indignación de un monarca secuestrado. El hombre intentó cogerlo por el pescuezo, pero Buck fue más rápido que él. Sus mandíbulas se cerraron sobre la mano y él no las aflojó hasta que una vez más perdió el sentido.

—Le dan ataques —dijo el hombre, ocultando la mano herida ante la presencia del encargado del vagón, a quien había atraído el ruido del inciden te—. Lo llevo a San Francisco. El amo lo manda a un veterinario que cree que podrá curarlo.

Acerca del viaje de aquella noche habló el hombre con suma elocuencia en la trastienda de una taberna en el muelle de San Francisco.

—No saco más que cincuenta por él —rezongó—; y no lo volvería a hacer por mil, a toca teja.

Llevaba la mano envuelta en un pañuelo ensangrentado y tenía la pernera derecha del pantalón rasgada de la rodilla al tobillo.

—¿Cuánto sacó el otro pasmado? —preguntó el tabernero.

—Cien —fue la respuesta—. No habría aceptado ni un céntimo menos, así que...

—Eso hace ciento cincuenta —calculó el tabernero—; y ése los vale, o yo no sé nada de perros.

El otro se quitó el vendaje ensangrentado y se miró la mano herida.

—Si no pillo la rabia...

—Será porque naciste de pie —dijo riendo el tabernero—. Venga, dame la mano antes de marcharte —añadió.

Aturdido, sufriendo un dolor intolerable en la garganta y en la lengua, medio asfixiado, Buck intentó hacer frente a sus torturadores. Pero una y otra vez lo tumbaron y le apretaron más la cuerda hasta que lograron limar el grueso collar de latón y quitárselo del pescuezo. Entonces retiraron la soga y con violencia lo metieron en un cajón grande semejante a una jaula.

Allí estuvo echado durante el resto de aquella agotadora noche rumiando su cólera y su orgullo herido. No podía entender qué significaba todo aquello. ¿Qué querían de él aquellos desconocidos? ¿Por qué lo tenían encerrado en aquella estrecha jaula? No sabía por qué, pero se sentía oprimido por una vaga sensación de inminente calamidad. Varias veces durante la noche, al oír el ruido de la puerta del cobertizo al abrirse, se puso de pie de un salto esperando ver al juez, o al menos a los muchachos. Pero una y otra vez fue el rostro mofletudo del tabernero, que se asomaba y lo miraba a la mortecina luz de una vela de sebo. Y cada vez el alegre ladrido que brotaba de la garganta de Buck se trocaba en un gruñido salvaje.

Pero el tabernero lo dejó en paz, y por la mañana entraron cuatro individuos que cogieron el cajón. Más torturadores, pensó Buck, porque tenían un aspecto andrajoso y desaseado; y se puso a ladrarles con furia a través de los barrotes. Ellos se limitaron a reír y azuzarle con unos palos a los que inmediatamente Buck atacó con los colmillos hasta que comprendió que eso era lo que querían. Entonces se tumbó hoscamente en el suelo y dejó que cargaran el cajón a una vagoneta. Después, él y la jaula en la que estaba prisionero iniciaron un tránsito de mano en mano. Los empleados de un despacho de mercancías se hicieron cargo de él; fue transportado en otra vagoneta; una camioneta lo llevó, junto con una serie de cajas y paquetes, hasta un trasbordador; otra lo sacó para introducirlo en un gran almacén ferroviario, y finalmente fue depositado en el furgón de un tren expreso.

El furgón fue arrastrado a lo largo de dos días con sus noches a la cola de ruidosas locomotoras; y durante dos días y dos noches estuvo Buck sin comer ni beber. En su furia había respondido gruñendo a las primeras tentativas de aproximación de los empleados del tren, a lo que ellos habían correspondido azuzándole. Cuando Buck, temblando y echando espuma por la boca, se lanzaba contra las tablas, ellos se reían y se burlaban de él. Gruñían y ladraban como perros odiosos, maullaban y graznaban agitando los brazos. Aquello era muy ridículo, lo sabía, pero cuanto más ridículo, más afrentaba a su dignidad, y su furor aumentaba. El hambre no lo afligía tanto, pero la falta de agua era un verdadero sufrimiento que intensificaba su cólera hasta extremos febriles. Y en efecto, siendo como era nervioso por naturaleza y extremadamente sensible, el maltrato le había provocado fiebre, incrementada por la irritación de la garganta y la lengua reseca e hinchada.

Sólo una cosa le alegraba: ya no llevaba la soga al cuello. Eso les había dado una injusta ventaja; pero ahora que no la llevaba, ya les enseñaría. jamás volverían a colocarle otra soga en el cuello, estaba resuelto. Había pasado dos días y dos noches sin comer ni beber, y durante esos días y noches de tormento había acumulado una reserva de ira que no auguraba nada bueno para el primero que le provocase. Sus ojos se inyectaron en sangre y se convirtió en un demonio furioso. Tan cambiado estaba que el propio juez no lo habría reconocido; y los empleados del ferrocarril respiraron con alivio cuando se desembarazaron de él en Seattle.

Cuatro hombres transportaron con cautela el cajón en un carromato hasta el interior de un pequeño patio trasero rodeado por un muro. Un tipo fornido; con un jersey rojo de cuello desbocado, salió a firmar el recibo del conductor. Aquel hombre, presintió Buck, era el siguiente torturador. Y se lanzó salvajemente contra las tablas. El hombre sonrió con crueldad y trajo un hacha y un garrote.

–No irá a soltarlo ahora, ¿verdad?... –preguntó el conductor.

–Desde luego –replicó el hombre, al tiempo que hincaba el hacha en el cajón a modo de palanca.

Se produjo la inmediata espantada de los cuatro hombres que lo habían traído, que, encaramados al muro, se aprestaron a presenciar el espectáculo.

Buck se abalanzó sobre la tabla astillada, en la que clavó los dientes, luchando con furor con la madera. Dondequiera que el hacha caía por fuera, allí estaba él por dentro, rugiendo, tan violentamente ansioso él por salir como lo estaba el hombre del jersey rojo para sacarle de allí con fría deliberación.

–Ahora, demonio de ojos enrojecidos –dijo, una vez abierta una brecha que permitía el pasaje del cuerpo de Buck. Al mismo tiempo, dejó caer el hacha y se cambió el garrote a la mano derecha.

Y Buck era verdaderamente un demonio que lanzaba fuego por los ojos en el momento de disponerse a saltar con los pelos erizados, la boca en vuelta en espuma y un brillo enloquecido en los ojos inyectados en sangre. Directamente contra el hombre lanzó sus sesenta kilos de furia, acrecentados por la pasión contenida de dos días y dos noches. Pero ya lanzado, en el momento mismo en que sus quijadas estaban por cerrarse sobre la presa, recibió un impacto que detuvo su cuerpo y le hizo juntar los dientes con un doloroso golpe seco. Tras una voltereta en el aire, se dio con el lomo y el costado contra el suelo. Como nunca en su vida le habían golpeado con un garrote, se quedó pasmado. Soltando un gruñido que tenía más de queja que de ladrido, se puso en pie y volvió a arremeter. Y nuevamente recibió un golpe y cayó al suelo anonadado. Esta vez comprendió que había sido el garrote, pero su exaltación no admitía la cautela. Una docena de veces volvió a acometer y con igual frecuencia el garrote frustró la embestida y acabó con él en el suelo.

Después de un golpe especialmente feroz, sus patas vacilaron y quedó demasiado aturdido para atacar. Se tambaleó sin fuerzas, con sangre manándole de la nariz, la boca y las orejas, con el hermoso pelaje salpicado y con manchas de saliva ensangrentada. Entonces el hombre avanzó y deliberadamente le asestó un espantoso golpe en el hocico. Todo el dolor que había soportado Buck no fue nada en comparación con la intensa agonía de éste. Con un rugido de ferocidad casi leonina, volvió a lanzarse contra el hombre. Pero el hombre, pasándose el garrote de la derecha a la izquierda, cogió diestramente a Buck por debajo del maxilar inferior, dando al mismo tiempo un tirón hacia abajo y hacia atrás. Buck describió un círculo completo en el aire, para después golpear el suelo con la cabeza y el pecho.

Atacó por última vez. El hombre descargó entonces el golpe que le había reservando durante toda la lucha y Buck se derrumbó y cayó al suelo sin sentido.

-¡Éste no es manco para domar a un perro, te lo digo yo! -exclamó entusiasmado uno de los hombres encaramados al muro.

-Yo preferiría domar potros de indios todos los días y el doble los domingos -fue la respuesta del conductor mientras trepaba al carromato y ponía en marcha los caballos.

Buck recobró el sentido, pero no las fuerzas. Tumbado donde había caído, observaba al hombre del jersey rojo.

-«Responde al nombre de Buck» -citó el hombre hablando consigo mismo en alusión a la carta del tabernero que le había anunciado el envío del cajón y su contenido-. Bien, Buck, muchacho -prosiguió en tono jovial-, hemos tenido nuestro pequeño jaleo, y lo mejor que podemos hacer es dejarlo así. Tú te has enterado de cuál es tu sitio y yo me sé el mío. Sé un buen perro y todo irá bien. Pórtate mal y te arrancaré las tripas. ¿Entendido?

Mientras hablaba, daba palmaditas en la cabeza que había golpeado tan despiadadamente, y, aunque el contacto de aquella mano le erizara involuntariamente la pelambre, Buck aguantó sin protestar. Bebió ávidamente el agua que el hombre le trajo y más tarde engulló de su mano una generosa ración de carne cruda que él le suministró de trozo en trozo.

Había perdido (lo sabía), pero no estaba vencido. Comprendió, de una vez para siempre, que contra un hombre con un garrote carecía de toda posibilidad. Había aprendido la lección y no la olvidaría en su vida. Aquel garrote fue una revelación. Fue su toma de contacto con el reino de la ley primitiva y aceptó sus términos. Las realidades de la vida adquirieron un aspecto más temible; y si bien las afrontó sin amedrentarse, lo hizo con toda la latente astucia de su naturaleza en funcionamiento. En el transcurso de los días llegaron otros perros, en cajones o sujetos con una soga, unos dócilmente y otros rugiendo con furia como había hecho él; y a todos ellos los vio someterse al dominio del hombre del jersey rojo. Una y otra vez, segun contemplaba aquellas brutales intervenciones, la lección se afianzaba

"Straight at the man he launched his one hundred and forty pounds of fury."

en el corazón de Buck: un hombre con un garrote era el que dictaba la ley, un amo a quien se obedece, aunque no necesariamente se acepte.

De esto último nunca hubo que acusar a Buck, por más que viera efectivamente a perros apaleados hacerle fiestas al hombre, meneando la cola y lamiéndole la mano. También vio a un perro que no quiso aceptarle ni obedecerle y acabó muerto en la lucha por imponerse.

De vez en cuando llegaban hombres, forasteros que hablaban con adulación y en diversos tonos al hombre del jersey rojo. Y cuando en esas ocasiones algún dinero pasaba de unas manos a otras, el forastero se llevaba consigo uno o más perros. Buck se preguntaba adónde irían, porque nunca regresaban; pero el miedo al futuro lo atenazaba, y cada vez se alegraba por no haber sido elegido.

Pero su hora llegó, finalmente, bajo la forma de un hombrecillo arrugado que escupía un mal inglés y numerosas exclamaciones desconocidas y burdas que Buck fue incapaz de entender.

—¡Sacredam! —exclamó el hombrecillo al posar la mirada en Buck—. ¡Ése sí ser perro bravo! ¿Cuánto?

—Trescientos, y es un regalo —fue la inmediata respuesta del hombre del jersey rojo—. Y siendo dinero del gobierno, no tendrás ningún problema, ¿eh, Perrault?

Perrault sonrió. Considerando que el precio de los perros estaba por las nubes debido a la inusitada demanda, no era una cantidad desproporcionada por un animal tan espléndido. El gobierno canadiense no saldría perdiendo, ni su correspondencia viajaría más despacio. Perrault entendía de perros, y cuando vio a Buck supo que se trataba de uno en un millar: «Uno entre diez mil», comentó para sus adentros.

Buck vio el dinero que cambiaba de manos y no se sorprendió cuando el hombrecillo arrugado se los llevó, a él y a Curly, una afable terranova. Fue la última vez que vio al hombre del jersey rojo, así como la visión de Seattle alejándose fue la última que Curly y él tuvieron, desde la cubierta del Narwhal, de las tibias tierras meridionales. Perrault llevó a Curly y a Buck a las bodegas y los dejó a cargo de un gigante de cara morena llamado François. Perrault era francocanadiense y tenía la piel oscura, mientras que François era francocanadiense mestizo y tenía la piel dos veces más oscura. Para Buck eran hombres de una clase nueva (de los que estaba destinado a ver muchos más), y aunque no les cobró afecto, llegó honestamente a respetarlos. Aprendió rápidamente que Perrault y François eran hombres justos, serenos e imparciales al administrar justicia, y demasiado expertos en el comportamiento canino para dejarse engañar por los perros.

En las bodegas del Narwhal, Buck y Curly encontraron a otros dos perros. Uno de ellos era un ejemplar albo y grande procedente de Spitzber gen, de donde se lo había llevado el capitán de un ballenero, que más tarde había participado en una expedición geológica a las islas Barren. Era cordial aunque traicionero, ya que sonreía a la cara mientras discurría alguna trastada, como por ejemplo cuando le robó a Buck una parte de su primera comida. En el momento en que Buck saltaba para castigarlo, se le adelantó el látigo de François restallando en el aire con tal violencia sobre el culpable que Buck no tuvo más que recuperar el hueso. Fue un acto de equidad por parte de François, pensó Buck, y empezó a sentir aprecio por el mestizo.

El otro perro no dio ni recibió, muestras de fraternidad: pero tampoco intentó robar a los recién llegados. Era un animal malhumorado y taciturno, y le mostró a las claras a Curly que lo único que deseaba era que le dejasen en paz, y además, que si no era así habría jaleo. Dave, que así se llamaba, comía y dormía, o en los intervalos bostezaba sin interesarse por nada; no lo hizo siquiera cuando durante la travesía del estrecho de la Reina Carlota, el Narwhal estuvo balanceándose, cabeceando y corcoveando como un poseso. Cuando Buck y Curly se pusieron nerviosos, medio locos de

PERRAULT.

miedo, Dave alzó la cabeza con fastidio, les dedicó una mirada indiferente, bostezó y se puso de nuevo a dormir.

El incansable pulso de la hélice latía día y noche en el barco, y aunque cada día era muy semejante al anterior, Buck percibió que cada vez hacía más frío. Por fin, una mañana la hélice se detuvo y una atmósfera de excitación se extendió por el barco. Buck la sintió, igual que los demás perros, y supo que se aproximaba un cambio. François les colocó collares y correas y los condujo a cubierta. Al dar el primer paso sobre la fría superficie, las patas de Buck se hundieron en una cosa fofa y blanca muy semejante al lodo. Resopló y dio un salto atrás. En el aire caía más de aquella materia blanca. Se sacudió, pero le siguió cayendo encima. La olisqueó con curiosidad y a continuación recogió un poco sobre la lengua. Quemaba como el fuego y un instante después había desaparecido. Aquello lo intrigó. Lo intentó nuevamente, con igual resultado. Los espectadores reían a carcajadas y Buck se sintió avergonzado sin saber por qué, era la primera vez que veía nieve.

CAPÍTULO 2

La ley del garrote y el colmillo

El primer día de Buck en la playa de Dyea fue una pesadilla. Todas y cada una de las horas estuvieron llenas de conmoción y sorpresas. Lo habían arrancado de golpe del centro de la civilización y lo habían arrojado bruscamente al corazón mismo de lo primitivo. Ya no era una vida regalada acariciada por el sol, sin otra cosa que hacer que dormitar y aburrirse. Aquí no había paz ni descanso ni un momento de seguridad. Todo era confusión y actividad, y no había un solo momento sin que la vida o algún miembro corrieran peligro. Era necesario estar siempre alerta porque aquellos perros y aquellos hombres no eran perros y hombres de ciudad. Eran todos salvajes que no conocían más ley que la del garrote y el colmillo.

Buck nunca había visto perros que pelearan como lo hacían aquellas fieras, y su primera experiencia le enseñó una lección inolvidable. Es verdad que fue una experiencia en cabeza ajena, pues de otro modo no habría sobrevivido para aprovecharla. La víctima fue Curly. Habían acampado cerca del almacén de leña, y Curly, con su talante cordial, se acercó a un fornido husky del tamaño de un lobo adulto, aunque apenas la mitad de grande que ella. No hubo advertencia previa, sólo una embestida fulminante, un choque metálico de dientes, un retroceso igualmente veloz, y el morro de Curly quedó abierto desde el ojo hasta la quijada.

Era la forma de pelear de los lobos, golpear y recular; pero hubo algo más. Treinta o cuarenta perros esquimales se acercaron apresurados para formar un círculo alerta y silencioso en torno a los antagonistas. Buck no comprendía aquel silencio expectante ni la ansiedad con que se relamían. Curly se abalanzó sobre su adversario, que volvió a atacar y a dar un salto hacia el costado. El husky recibió la siguiente embestida con el pecho de forma tan peculiar que hizo perder el equilibrio a Curly. No volvió a recobrarlo. Esto era lo que el círculo de perros estaba esperando. La acorralaron, gruñendo y aullando, y Curly, entre aullidos de agonía, quedó sepultada bajo aquella masa peluda de cuerpos feroces.

Aquello fue tan repentino e inesperado que desconcertó a Buck. Vio a Spitz sacando la lengua escarlata tal como hacía al reírse, y vio a François, que, blandiendo un hacha, saltaba hacia el centro del círculo. Tres hombres armados de garrotes le ayudaron a dispersarlos. No les llevó mucho tiempo. A los dos minutos de la caída de Curly, los últimos asaltantes fueron ahuyentados a garrotazos. Pero ella yacía mustia y sin vida sobre la nieve ensangrentada y pisoteada, hecha literalmente pedazos, y de pie junto a ella el mestizo profería terribles maldiciones. La escena se repitió a menudo como una pesadilla en los sueños de Buck. De modo que así eran las cosas. Nada de juego limpio. Una vez en el suelo, había llegado tu fin. Pues ya se las arreglaría él para no caer nunca. Spitz volvió a reír y sacó la lengua, y desde aquel momento Buck le profesó un odio amargo e implacable.

Antes de haberse recobrado de la conmoción que le provocó la trágica muerte de Curly, Buck experimentó otra peor. François le sujetó al cuerpo un aparejo de correas y hebillas. Era un arnés como el que había visto que, allá en la finca, los mozos de cuadra colocaban a los caballos. Y tal como había visto trabajar a los caballos fue puesto él a trabajar, tirando del trineo para llevar a François hasta el bosque que bordeaba el valle y regresar con una carga de leña. Aunque su dignidad resultó gravemente herida al verse convertido en animal de carga, fue lo bastante sensato como para no rebelarse. Se metió de lleno en la tarea y se esforzó al máximo, por más que todo le parecía nuevo y extraño. François era severo, exigía obediencia total y gracias a su látigo la lograba en el acto; por su parte, Dave, que era un experimentado perro zaguero, mordía las nalgas de Buck cada vez que cometía un error. Spitz, que era el que guiaba, era igualmente experimentado, pero como no siempre podía acercarse a Buck, le lanzaba de vez en cuando gruñidos de reproche o echaba astutamente su peso sobre las riendas para forzarlo a seguir el rumbo correcto. Buck aprendía con facilidad y, bajo la tutela conjunta de sus dos colegas y de François, realizó notables progresos. Antes de regresar al campamento ya sabía que ante un «¡so!» tenía que detenerse y ante un «¡arre!», avanzar, no le costaba trazar las curvas con amplitud y mantenerse lejos del zaguero cuando, en una pendiente, el trineo cargado se le venía encima pisándole los talones.

-Tres perros mucho buenos -le comentó François a Perrault-. El Buck tirar como demonio. Yo enseñarle deprisa.

Por la tarde, Perrault, a quien le urgía ponerse en camino con el correo, regresó con dos perros más. Billie y Joe, así les llamaba, eran hermanos y esquimales auténticos. Aunque hijos de la misma madre, eran como el día y la noche. El único defecto de Billie era su carácter sumamente acomodaticio, mientras que Joe era el extremo opuesto, malhumorado e introspectivo, siempre gruñón y con la mirada atravesada. Buck los recibió de buen talante, Dave no les hizo el menor caso, mientras que Spitz se puso a provocar primero a uno y después al otro. Billie meneó la cola intentando aplacarlo, salió corriendo cuando vio que su intento era vano y emitió un gruñido (todavía apaciguador) cuando los afilados dientes de Spitz le dejaron una marca en el costado. En cambio, Joe, por muchas vueltas que diera Spitz, giraba en redondo sobre las patas traseras y le hacía frente: los pelos erizados, las orejas echadas hacia atrás, la boca contorsionada enseñando los dientes, lo esquivaba con el incesante movimiento de su quijada y un brillo diabólico en los ojos. Era la encarnación misma del terror beligerante. Tan terrible era su aspecto que Spitz no tuvo más remedio que renunciar a someterlo; y se desquitó corriendo tras el inofensivo Billie hasta los confines del campamento.

Al anochecer, Perrault apareció con otro perro, un viejo husky largo, enjuto y adusto, con el rostro plagado de cicatrices y un solo ojo cuyos destellos proclamaban un coraje que infundía respeto. Se llamaba Sol-leks, que significa «el iracundo». Al igual que Dave, no pedía nada, no daba nada, no esperaba nada; y cuando con lentitud y parsimonia se encaró al resto del grupo, hasta Spitz lo dejó en paz. Tenía una peculiaridad que Buck tuvo la mala suerte de descubrir. No toleraba que se le acercasen por el lado del ojo ciego. Buck cometió sin querer esa ofensa, y sólo se enteró de su indiscreción cuando Sol-leks giró bruscamente y le rajó un hombro hasta el hueso. A partir de entonces, Buck evitó acercarse a él por el flanco del ojo ciego y durante todo el tiempo que estuvieron juntos no volvió a tener problemas. La única ambición de Sol-leks, igual que la de Dave, era que lo dejaran en paz; aunque (según Buck habría de saber más adelante) cada uno de ellos tenía otra, incluso más vital.

Aquella noche Buck se enfrentó al gran problema de dormir. La tienda, iluminada por una vela, resplandecía cálida en medio de la llanura he lada; y cuando, con toda naturalidad, penetró en ella, Perrault y François lo bombardearon con maldiciones y con utensilios de cocina hasta que, recobrado de su consternada sorpresa, escapó ignominiosamente hacia el frío exterior. Soplaba un viento helado que lo entumecía y le maltrataba el hombro herido. Se echó en la nieve para intentar dormir, pero la helada no tardó en obligarlo a levantarse tiritando. Amargado y afligido anduvo vagando entre las numerosas tiendas, para acabar descubriendo que un rincón era tan frío como cualquier otro. De vez en cuando se le echaba encima algún perro salvaje, pero él erizaba la pelambre del pescuezo y gruñía (estaba aprendiendo rápido), y el otro lo dejaba seguir su camino.

Finalmente se le ocurrió una idea. Regresaría para ver cómo se las componían sus compañeros de equipo. Para su asombro, habían desaparecido. De nuevo deambuló por el extenso campamento buscándolos y de nuevo volvió al punto de partida. ¿Estarían dentro de la tienda? No, no podía ser, de lo contrario a él no lo hubiesen echado. ¿Dónde podían estar, entonces? Con el rabo entre las patas y el cuerpo tembloroso, realmente acongojado, empezó a dar vueltas y más vueltas alrededor de la tienda. De pronto la nieve cedió y, al hundirse sus patas delanteras, Buck sintió que algo se agitaba. Dio un salto atrás, gruñendo alarmado, asustado ante lo invisible y desconocido. Pero un pequeño ladrido amistoso lo tranquilizó, y se acercó a investigar. Una vaharada de aire tibio subió hasta su hocico: allí, hecho un compacto ovillo bajo la nieve, estaba Billie, que, tras emitir un gemido propiciatorio y revolverse en su sitio como demostración de buena voluntad y buenas intenciones, se aventuró incluso, en beneficio de la paz, a lamerle a Buck la cara con su lengua tibia y húmeda.

Otra lección. ¿Conque así era como lo hacían, eh? Buck eligió confiadamente un sitio y con muchos aspavientos y desgaste de energía procedió a cavar un hoyo para él. En un santiamén, el calor de su cuerpo llenó aquel espacio cerrado y Buck se quedó dormido. El día había sido largo y arduo, Buck durmió cómoda y profundamente, aunque bufó y ladró luchando contra las pesadillas.

Y no abrió los ojos hasta que lo desvelaron los ruidos del campamento, que despertaba. En un primer momento no supo dónde estaba. Había nevado durante la noche y estaba completamente sepultado. Los muros de nieve lo oprimían por todas partes, y un estremecimiento de temor le recorrió el cuerpo: el miedo del animal salvaje a la trampa. Era una evocación inconsciente del temor de sus antepasados, ya que siendo como era un perro civilizado, excesivamente civilizado, que no había conocido ninguna trampa, no podía sentirlo por sí mismo. Todos los músculos de su cuerpo se contraían instintivamente de forma espasmódica, se le erizó el pelo del pescuezo y del lomo, y con un gruñido feroz saltó en vertical hacia la cegadora luz del día provocando a su alrededor una nube de nieve refulgente. Antes de aterrizar sobre las patas vio el blanco campamento extendido ante él y, al tiempo que supo dónde estaba, recordó todo lo ocurrido desde el momento en que salió a dar un paseo con Manuel hasta la noche anterior, cuando había cavado el hoyo.

Un grito de François saludó su aparición.

-¿No te decir yo? -le gritaba a Perrault el conductor de trineos-. ¡Ese Buck aprender rápido, sí, sí!

Perrault asintió gravemente. Como correo del gobierno canadiense, portador de importantes despachos, le preocupaba conseguir los mejores perros y estaba especialmente satisfecho de contar con Buck.

Tres huskies más fueron incorporados al tiro en menos de una hora, completando así un total de nueve, y antes de que hubieran transcurrido otros quince minutos estaban todos sujetos al trineo y avanzaban con buen ritmo hacia el cañón de Dyea. Buck estaba contento de haber salido y descubrió que, aunque la tarea era dura, no le resultaba particularmente desagradable. Le sorprendió el entusiasmo contagioso de todo el equipo, pero más todavía le sorprendió el cambio que se había operado en Dave y en Sol-leks. Eran otros perros, completamente transformados por el arnés. La pasividad y la indiferencia los habían abandonado. Estaban alerta y activos, ansiosos de que el trabajo fuera bien y terriblemente irritables ante cualquier circunstancia que, por originar demoras o desconcierto, retrasase la marcha. El trabajoso avance era para ellos

FRANÇOIS.

la suprema realización individual, el exclusivo fin de su existencia y lo único que les proporcionaba placer.

Dave iba enganchado al trineo, detrás tiraba Buck, y luego venía Sol-leks; el resto del tiro iba enganchado en fila india, y a la cabeza guiaba Spitz.

A Buck lo habían colocado a propósito entre Dave y Sol-leks para que pudiese aprender de ellos. Si él era un buen alumno, competentes eran sus maestros, que nunca lo dejaban persistir en el error y reforzaban sus enseñanzas con sus afilados dientes. Dave era justo y muy sagaz. Nunca mordía a Buck sin motivo y nunca dejaba de hacerlo cuando hacía falta. Como lo respaldaba el látigo de François, Buck encontró que le salía más barato enmendarse que rebelarse. En una ocasión, durante un breve alto, quedó enredado en las correas y demoró la salida; Dave y Sol-leks se abalanzaron sobre él y le administraron una buena paliza. La consecuencia fue un enredo todavía peor, pero a partir de aquel momento Buck tuvo buen cuidado de mantener las correas en orden; y antes de que se acabara el día tenía tan dominada la maniobra que sus mentores casi dejaron de vigilarle. El látigo de François restallaba con menos frecuencia, y Perrault le hizo a Buck el honor de levantarle las patas para examinárselas con cuidado.

Fue una dura carrera hasta el cañón, porque hubo que cruzar Campo de Ovejas, dejar atrás la cadena de cuchillas y el límite de los bosques a través de glaciares y ventisqueros de centenares de metros de profundidad, y pasar la cordillera de Chilcoot, que separa las aguas saladas de las dulces y custodia de forma majestuosa el triste y solitario territorio del norte. Recorrieron a buen paso la cadena de lagos que llenan los cráteres de extintos volcanes, y ya avanzada la noche entraron en el enorme campamento situado sobre el extremo principal del lago Bennett, donde miles de buscadores de oro construían botes, preparándose para el deshielo de la primavera. Buck cavó su hoyo en la nieve y durmió con el sueño de los exhaustos, pero antes del amanecer ya lo obligaron a salir a la fría oscuridad y fue enganchado al trineo con sus compañeros.

Ese día hicieron setenta kilómetros sobre suelo firme; pero al siguiente, y durante muchos días más, tuvieron que abrirse camino con mayor es fuerzo y tardando mucho más tiempo. Por lo general, Perrault iba delante apretando la nieve con raquetas en los pies para facilitar el desplazamiento del equipo. François, que guiaba el trineo desde la parte delantera, intercambiaba a veces el puesto con su compañero, aunque no siempre. Perrault tenía prisa y se jactaba de conocer bien el hielo, una pericia indispensable, porque en otoño el hielo era muy delgado y si había corriente de agua no cuajaba en absoluto.

Día tras día, unos días interminables, se afanó Buck en su tarea. Siempre levantaban campamento en la oscuridad, y los primeros grises del amanecer los encontraban dejando su huella en el sendero y con muchas millas ya recorridas a la espalda. Y siempre acampaban después del anochecer, comían un poco de pescado y se arrastraban a dormir metidos en la nieve. Buck estaba hambriento. Los setecientos gramos de salmón secado al sol que constituían su ración diaria desaparecían enseguida. Nunca tenía bastante y sufría continuos retortijones. En cambio, los otros perros, que pesaban menos y estaban acostumbrados a aquel régimen, recibían sólo quinientos gramos de pescado y conseguían mantenerse en buena forma.

Enseguida fue perdiendo Buck la delicadeza de su vida anterior. Comilón moroso y refinado, se encontró con que sus compañeros, que acababan antes, le robaban la porción que no había consumido aún. No había forma de defenderla. Mientras él ahuyentaba a dos o tres ladrones, la comida desaparecía en el gaznate de los demás. El único remedio era comer tan rápido como ellos; y tanto lo acuciaba el hambre que enseguida aprendió a coger lo que no era suyo. Observaba y aprendía. Una vez vio como Pike, uno de los nuevos, un hábil ladrón y especialista en escaquearse, robaba con astucia un trozo de tocino cuando Perrault le daba la espalda, y al día siguiente Buck se apoderó de todo el tocino. Se armó un gran jaleo, pero nadie sospechó de él; fue Dub, un ladrón torpe al que siempre sorprendían con las manos en la masa, quien recibió el castigo en su lugar.

Aquel primer robo demostró que Buck podía sobrevivir en el hostil territorio del norte. Era la prueba de su capacidad de adaptación, de acomodación a las circunstancias cambiantes, cuya ausencia habría significado una muerte rápida y terrible. Indicó, además, el descenso, o mejor aún la quiebra, de sus principios morales, inútiles ahora y una rémora en la despiadada lucha por la existencia. El respeto por la propiedad privada y los sentimientos personales estaban muy bien en las regiones meridionales bajo el imperio de la ley del amor y la fraternidad, pero en el norte, donde prevalecía la ley del garrote y el colmillo, era un necio quien tuviera en cuenta tales cosas, y en la medida en que las acatase no lograría salir adelante.

No es que Buck hiciera tal razonamiento. Simplemente era apto, e inconscientemente se adaptaba a su nuevo estilo de vida. Ni rehuía una pelea ni pensaba en las posibilidades. Pero el garrote del hombre del jersey rojo le había inculcado a la fuerza un código más fundamental y primario. Como un ser civilizado, habría sido capaz de morir por un principio moral, por ejemplo, en defensa de la fusta del juez Miller; pero el alcance de su retorno a lo más primitivo ponía de manifiesto ahora su capacidad de rehuir la defensa de una consideración moral y salvar el pellejo. No robaba por el placer de hacerlo, sino obedeciendo al clamor de su estómago. Y por el respeto al garrote y al colmillo no robaba abiertamente sino con astucia y sigilo. En resumen, hacía las cosas porque era más fácil hacerlas que no hacerlas.

Su evolución (o regresión) fue rápida. Sus músculos adquirieron la dureza del hierro y se hizo insensible a todas las penalidades comunes. Desarrolló una economía interna igual que la externa. Era capaz de comer cualquier cosa, por repugnante o indigesta que fuera y, una vez ingerida, los jugos de su estómago extraían de ella hasta la última partícula nutritiva que la sangre llevaba hasta los lugares más recónditos de su cuerpo, donde se convertía en tejido orgánico más fuerte y resistente. La vista y el olfato se le aguzaron notablemente, mientras su oído se volvía tan fino que, aun estando dormido, era capaz de percibir el más leve sonido y saber si era un presagio de paz o de peligro. Aprendió a arrancarse con los dientes el hielo que se le acumulaba entre los dedos; y cuando tenía sed y el agua estaba cubierta de una gruesa capa de hielo, la rompía golpeándola con las agarrotadas patas delanteras. Su rasgo más sobresaliente era la habilidad de olisquear y prever, una noche antes, de dónde soplaría el viento. Aun cuando no hubiera siquiera una brisa en el momento en que cavaba su hoyo junto a un árbol o un terraplén, el viento que soplaba más tarde lo encontraba indefectiblemente a sotavento, cómodamente resguardado.

Y no sólo aprendía por la experiencia, sino que en él revivían instintos hacía tiempo desaparecidos. Se despojó de la domesticidad de generaciones. Vagos recuerdos ancestrales de los orígenes de la raza, de la época en que las manadas de perros salvajes deambulaban por los bosques primitivos y devoraban sus presas según les daban caza. No le costó aprender a pelear causando un corte profundo con un súbito mordisco de lobo. Así lo habían hecho sus olvidados antepasados. Fueron ellos los que aceleraron en su interior el despertar de hábitos ancestrales, y los viejos ardides que habían impreso en la herencia genética de la raza se convirtieron en los suyos. Los incorporó sin esfuerzo ni asombro, como si hubieran sido suyos desde siempre. Y cuando en las noches frías y serenas apuntaba con el hocico a una estrella y aullaba como un lobo, eran sus antepasados, muertos y convertidos en polvo, los que lo hacían desde los siglos pasados y a través de él. Y las cadencias con que Buck manifestaba su sufrimiento eran las suyas, como suyo era el significado que para ellos tenían la quietud, el frío y la oscuridad de la noche. Como demostración de que la vida es un juego de marionetas, el canto ancestral lo invadió por entero y Buck recobró su ser original; y todo porque en el norte los hombres habían encontrado un metal amarillo, y porque Manuel era un ayudante de jardinero cuyo salario no cubría las necesidades de su mujer ni las de los varios y pequeños duplicados de sí mismo.

CAPÍTULO 3

La primitiva bestia dominante

La bestia dominante primitiva era poderosa en Buck y, bajo las rudas condiciones de aquella vida, fue creciendo sin parar. Pero fue un crecimiento secreto. Su recién adquirida astucia le proporcionó desenvoltura y autoridad. Estaba demasiado ocupado en adaptarse a su nueva existencia como para relajarse, y no sólo no buscaba peleas sino que las rehuía siempre que era posible. Su actitud se caracterizaba por cierta parsimonia. No era dado a la acción irreflexiva y precipitada; y, con respecto al arraigado odio que había entre él y Spitz, no dejaba traslucir ninguna impaciencia y evitaba cualquier signo de agresividad.

Por su parte, posiblemente porque adivinaba que Buck era un peligroso rival, Spitz nunca perdía la oportunidad de enseñarle los dientes. Incluso hacía lo imposible por bravuconear ante él, esforzándose constantemente por iniciar una pelea que sólo podría acabar con la muerte de uno de los dos. A poco de emprendido el viaje, tal cosa pudo haber ocurrido, de no ser por un inesperado accidente. Al final de aquel día habían instalado un precario campamento a orillas del lago Le Barge. Una violenta nevada, el viento, que cortaba como una cuchilla al rojo vivo, y la oscuridad los habían forzado a buscar a ciegas un lugar de acampada. Difícilmente podrían haber encontrado uno peor. A sus espaldas se levantaba una pared perpendicular de roca, y Perrault y François no tuvieron más remedio que hacer la hoguera y tender los sacos de dormir sobre el mismo hielo del lago. Se habían deshecho de la tienda en Dyea con el fin de viajar ligeros de peso. Unas pocas tablas sobrantes les proporcionaron un fuego que se hundió al derretirse el hielo dejándolos a oscuras para cenar.

Buck cavó su nido bajo la protección de la roca. Tan cómodo y tibio estaba que lo abandonó de mala gana cuando François se puso a distribuir el pescado que previamente había descongelado en el fuego. Y cuando consumió su ración y volvió a su refugio se encontró con que estaba ocupado. Un gruñido de advertencia le dijo que el intruso era Spitz. Hasta entonces, Buck había evitado los problemas con su enemigo, pero aquello era demasiado. La bestia que había en su interior rugió. Se abalanzó sobre Spitz con una furia que sorprendió a ambos, y especialmente a Spitz, ya que su experiencia con Buck le había metido en la cabeza que su contrincante era un perro excepcionalmente tímido, que sólo conseguía hacerse respetar gracias a su gran peso y tamaño.

También se sorprendió François cuando los vio salir del hoyo violentamente enzarzados y adivinó el motivo de la pelea.

-¡Ajá! -le gritó a Buck-. ¡Dale a ése! ¡Dale duro al miserable ladrón!

Spitz estaba igualmente dispuesto al combate. Aullaba de rabia y ansiedad mientras giraba a un lado u otro buscando la ocasión de arremeter. Buck no estaba menos impaciente ni era menor la cautela con que giraba a su vez procurando ganar ventaja. Pero fue entonces cuando ocurrió lo inesperado, algo que dejó para el futuro, después de muchos y fatigosos kilómetros, la lucha por la supremacía.

Una maldición de Perrault, el rotundo impacto de un garrote contra un cuerpo huesoso y un estridente gruñido de dolor anunciaron la instau ración de la algarabía. De pronto, el campamento fue un hervidero de furtivas siluetas peludas, entre cuarenta y sesenta huskies famélicos que habían olfateado el campamento desde alguna aldea india. Se habían infiltrado durante la pelea entre Buck y Spitz, y, cuando los dos hombres saltaron a la palestra provistos de gruesos garrotes, ellos les hicieron frente mostrando los dientes. El olor a comida los había enloquecido. Perrault descubrió a uno con la cabeza metida en la caja de las provisiones. Su garrote cayó pesadamente sobre el descarnado espinazo del animal y la caja quedó boca arriba en el suelo. Al instante hubo una veintena de bestias hambrientas disputándose el pan y el tocino. Los garrotazos no los disuadían. Aun entre alaridos y rugidos bajo la lluvia de golpes, lucharon como posesos hasta haber devorado la última migaja.

Entre tanto, los asombrados perros del equipo, que habían salido a toda prisa de sus refugios, eran atacados por los feroces invasores. Jamás había vis to Buck unos perros como aquéllos. Daba la impresión de que los huesos iban a horadarles la piel. No eran más que simples esqueletos cubiertos de un pellejo embarrado, con los ojos en llamas y los colmillos chorreando baba. Pero la locura del hambre los convertía en seres aterradores, irresistibles. Al primer ataque, los perros del equipo fueron acorralados contra la pared de roca. Buck fue rodeado por tres atacantes, y en un instante tuvo la cabeza y los hombros contusionados y desgarrados. El estruendo era espantoso. Billie, como siempre, gemía. Dave y Sol-leks chorreaban sangre por mil heridas, pero luchaban valerosamente codo a codo. Joe soltaba dentelladas como un demonio. De pronto aferró entre los dientes la pata delantera de un invasor e hizo crujir el hueso al triturarlo. Pike, el ventajista, se abalanzó sobre el animal mutilado y de una dentellada le quebró el pescuezo. Buck aferró por la garganta a un enemigo que echaba espuma por la boca, y la sangre que brotó al hundirle los dientes en la yugular se le esparció por el hocico. El tibio sabor de la sangre en la boca aumentó su ferocidad. Se lanzó sobre otro y, al mismo tiempo, sintió que unos dientes se hundían en su propia garganta. Era Spitz, que lo atacaba a traición.

Perrault y François, habiendo despejado su zona del campamento, se presentaron allí a toda prisa en defensa de sus perros. La salvaje ola de bestias hambrientas retrocedió ante ellos, y Buck se liberó de una sacudida. Pero fue sólo por un momento. Los dos hombres tuvieron que retirarse apresuradamente a salvar las provisiones, y enseguida los perros famélicos volvieron al ataque. Billie, envalentonado por el terror, se abrió paso de un salto en aquel círculo de salvajes y huyó por el lago helado. Pike y Dub lo siguieron pisándole los talones, y el resto del equipo fue detrás. Cuando se disponía a hacer lo mismo, Buck vio por el rabillo del ojo que Spitz se abalanzaba sobre él con la evidente intención de derribarlo. Si perdía el equilibrio y caía bajo la masa de enemigos, ya no habría esperanza para él. Pero Buck aguantó a pie firme el impacto de la carga de Spitz, y seguidamente se unió a la huida por el lago.

Los nueve perros del equipo se reunieron más adelante y buscaron refugio en el bosque. Aunque ya no los perseguían estaban en un estado lamentable. No había ninguno que no tuviese dos o tres heridas, y varios estaban maltrechos. Dub tenía una pata trasera gravemente lesionada; Dolly, la última que se había incorporado al equipo en Dyea, tenía un horrible desgarrón en la garganta; Joe había perdido un ojo; y el reposado y pacífico Billie, que estaba con la oreja mordida y hecha jirones, gimió lastimeramente la noche entera. Al amanecer regresaron con dificultad y recelo al campamento, donde se encontraron con que los invasores se había retirado y los dos hombres estaban de muy mal humor. Faltaban la mitad de las provisiones. Además, los perros salvajes habían masticado las cuerdas del trineo y las fundas de lona. De hecho, no se les había escapado nada que fuese remotamente comestible. Habían engullido un par de mocasines de piel de alce de Perrault, trozos de las riendas, y hasta un buen pedazo del látigo de François. Este interrumpió la apesadumbrada constatación de las pérdidas para ocuparse de sus maltrechos perros.

-Ah, compañeros -dijo quedamente-, quizá volver rabiosos tantos mordiscos. ¡Puede que todos rabiosos, sacredam! ¿Tú qué creer, eh, Perrault?

El correo meneó la cabeza en señal de duda. Con setecientos kilómetros aún por delante para llegar a Dawson, no se podía permitir una epidemia de rabia entre sus animales. Dos horas de juramentos y esfuerzo necesitó para poner los arneses en condiciones, tras lo cual, el equipo, aún agarrotado por las heridas, se puso en marcha, avanzando penosamente por el tramo más duro que habían encontrado hasta entonces, que, dicho sea de paso, era la parte peor del trayecto a Dawson.

El río Thirty Mile no estaba congelado. Su turbulento caudal lo impedía y el hielo sólo lograba cuajar en las riberas y en los remansos. Se necesitaron seis días de agotador esfuerzo para recorrer aquellos terribles cincuenta kilómetros. Terribles porque cada paso suponía un riesgo vital para perros y hombres. Una docena de veces, Perrault, que avanzaba el primero con precaución, quebró la capa helada de la estrecha franja que los sustentaba y se salvó gracias a la pértiga que llevaba, sostenida de tal forma que quedaba cada vez atravesada sobre el agujero abierto por su cuerpo. Pero estaban en plena ola de frío, el termómetro marcaba diez grados bajo cero, y cada vez que rompía el hielo se veía obligado, para no morir, a encender una hoguera que le secase la ropa.

Nada lo amilanaba. Y era precisamente por esto por lo que había sido elegido correo del gobierno. Asumía todo tipo de riesgos, afrontando resueltamente la helada con su pequeño rostro curtido y luchando sin descanso desde el alba hasta el crepúsculo. Recorrió las peligrosas orillas del lago sobre la delgada capa de hielo que cedía y se agrietaba bajo los pies y sobre la que no osaban detenerse. En una ocasión, el trineo se hundió con Dave y Buck, que, cuando los arrastraron fuera del agua, estaban medio helados y casi ahogados. Para salvarlos fue necesario encender la consabida hoguera. Estaban cubiertos de hielo, y los dos hombres los tuvieron corriendo, sudando y descongelándose tan cerca del fuego que quedaron chamuscados por las llamas.

En otra ocasión fue Spitz el que se hundió arrastrando tras él al tiro entero hasta llegar a Buck, que empleó todas sus fuerzas en tirar hacia atrás, con las patas delanteras hincadas en la ribera resbaladiza mientras el hielo temblaba y se partía a su alrededor. Pero detrás de él estaba Dave haciendo el mismo esfuerzo y, en la parte posterior del trineo, François forzaba al máximo sus tendones.

Otra vez el hielo de la costa cedió por delante y por detrás del trineo y no quedó más escapatoria que encaramarse al empinado talud de la orilla. Perrault lo escaló de milagro mientras François rezaba para que se produjera este milagro. Con los arneses de cuero y los deslizadores formaron una larga cuerda y con ella izaron de uno en uno a los perros hasta el borde del precipicio. El último en subir fue François, después del trineo y la carga. A continuación tuvieron que buscar un lugar por el qué descender, descenso que en última instancia realizaron con ayuda de la cuerda, y la noche los encontró de nuevo en el río, con quinientos metros en el haber del día.

Cuando llegaron al Hootalinqua y al hielo firme, Buck estaba agotado. El resto de los perros se encontraba en un estado semejante; pero Perrault, para compensar el tiempo perdido, les exigía trabajar de sol a sol. El primer día recorrieron sesenta kilómetros hasta el Big Salmon; al siguiente, sesenta más hasta el Little Salmon; el tercer día otros setenta, lo cual los llevó hasta bastante cerca de Five Fingers.

Las patas de Buck no eran tan resistentes y duras como las de los huskies. Las suyas se habían ablandado a lo largo de muchas generaciones a partir del día en que su último antepasado salvaje fue domesticado por un cavernícola o un hombre del río. Durante todo el día cojeaba con dolor y, una vez armado el campamento, se dejaba caer como muerto. A pesar del hambre, ni se movía para ir a buscar su ración de pescado, y François tenía que llevársela. También todas las noches después de la cena, dedicaba media hora a frotarle a Buck las plantas de los pies, y hasta sacrificó la parte más alta de sus mocasines para hacerle unos a Buck. Aquello le supuso un gran alivio y provocó incluso una mueca parecida a una sonrisa en el rostro curtido de Perrault una mañana en que, habiendo François olvidado los mocasines, Buck se tumbó de espaldas, agitando las cuatro patas en el aire, y se negó en redondo a moverse sin ellos. Con el tiempo, las patas se le endurecieron y aquel tosco calzado fue olvidado para siempre.

Una mañana, a orillas del Pelly, cuando estaban colocando los arreos, Dolly, que nunca había destacado en nada, se volvió loca de repente. El anuncio de -su estado fue un prolongado y desgarrador aullido que a los demás perros les puso los pelos de punta, tras lo cual se abalanzó directamente sobre Buck. Él nunca había visto a un perro volverse rabioso ni tenía motivos para tener miedo a la enfermedad; pero presintió el horror y huyó presa del pánico. Salió disparado en línea recta, con Dolly, que jadeaba y echaba espuma, pisándole los talones; ni ella podía darle alcance, tanto era el terror que lo poseía, ni él lograba distanciarla, tal era la locura de ella. Como una exhalación, Buck se adentró en el monte del centro de la isla, alcanzó el extremo opuesto, atravesó un cauce lleno de hielo rugoso en dirección a otra isla, llegó a una tercera, giró hacia el río principal y, en su desesperación, empezó a cruzarlo. Y todo el tiempo, aunque no la veía, la oía gruñir a sólo un cuerpo por detrás. François lo llamó desde quinientos metros de distancia y Buck volvió sobre sus pasos, siempre con un cuerpo de ventaja, jadeando penosamente y con toda su esperanza puesta en François. El guía tenía el hacha preparada en la mano y, cuando hubo pasado Buck, la descargó sobre el cráneo de la enloquecida Dolly.

Buck llegó tambaleándose junto al trineo, exhausto, con la respiración entrecortada, indefenso. Era la oportunidad de Spitz, que se abalanzó sobre el; dos veces hundió los dientes en su enemigo indefenso, desgarrando la carne hasta el hueso. Entonces le cayó encima el látigo de François, y Buck tuvo la satisfacción de contemplar cómo Spitz recibía la peor azotaina propinada hasta entonces a un perro del equipo.

-Un demonio, ese Spitz -comentó Perrault Un día de éstos matar al Buck.

-Ese Buck valer por dos demonios -fue la réplica de François-. Sé porque yo observarlo todo el tiempo. Verás, un buen día se pone furioso, se come crudo al Spitz y lo vomita sobre la nieve. Ya verás. Soy seguro.

Desde entonces hubo guerra abierta entre Buck y Spitz. Spitz, como perro guía y jefe reconocido del equipo, sentía que aquel extraño perro del sur amenazaba su supremacía. Y le resultaba extraño, en efecto, porque de los numerosos perros de esa procedencia que había conocido, ni uno solo había demostrado valer demasiado, ni en el campamento ni en el trabajo. Eran débiles y los mataba el agotamiento, el frío o el hambre. Buck era la excepción. Sólo él había resistido y se había abierto camino, equiparándose a los huskies en fortaleza, coraje e ingenio. Además era un perro dominante, y el hecho de que el garrote del hombre del jersey rojo le hubiera matado toda señal de ciega temeridad y precipitación en el deseo de dominio, lo hacía doblemente peligroso. Era sobre todo astuto y capaz de aguardar el momento oportuno con una paciencia que era, precisamente, primitiva.

El enfrentamiento por el liderazgo era inevitable. Buck lo deseaba. Lo deseaba porque así se lo pedía su naturaleza, porque se había apoderado de él ese indescriptible e incomprensible orgullo del sendero y el arnés, un orgullo que sostiene a esos perros en su esfuerzo hasta el último aliento, que los lleva a morir en el tiro con alegría y les destroza el corazón si se los excluye del equipo. Así era el orgullo de Dave como perro zaguero, el de Solleks mientras tiraba con todas sus fuerzas; el orgullo que al levantarse el campamento se apoderaba de ellos transformándolos de bestias taciturnas, en criaturas esforzadas, entusiastas y ambiciosas; el orgullo que los espoleaba el día entero y por la noche los abandonaba en los límites del campamento, dejándolos caer en el desasosiego y el descontento más sombríos. Era la arrogancia que movía a Spitz y lo llevaba a castigar a los perros del tiro que metían la pata o se escaqueaban durante la marcha o se escondían por la mañana a la hora de ser amarrados a los arneses. Era precisamente ese orgullo lo que hacía que temiese a Buck como posible perro guía. Y ése era también el orgullo de Buck.

Buck amenazaba abiertamente el liderazgo de Spitz. Se interponía entre él y los holgazanes a quienes Spitz habría castigado. Y lo hacía a proposito. Una noche hubo una gran nevada y, por la mañana, Pike, el que acostumbraba a escaquearse, no se presentó. Estaba bien oculto en su refugio bajo un palmo de nieve. François lo llamó y lo buscó inútilmente. Spitz estaba ciego de rabia. Recorría furioso el campamento, olfateando y escarbando en todos los lugares sospechosos y gruñendo de un modo tan espantoso que Pike lo oía y temblaba en su escondite.

Cuando por fin lo descubrieron y Spitz se abalanzó hacia él para castigarlo, Buck, con el mismo ímpetu, se atravesó entre los dos. Fue algo tan inesperado y ejecutado con tal precisión, que Spitz, empujado hacia atrás, perdió el equilibrio. Alentado ante aquella abierta rebelión, Pike, que había estado temblando de un modo abyecto, saltó sobre el líder caído. Buck, para quien el juego limpio era una norma relegada al olvido, se precipitó también sobre Spitz. Pero François, que aunque divertido por el incidente era inflexible a la hora de administrar justicia, descargó el látigo con todas sus fuerzas sobre Buck. Como ni con esto logró apartarlo de su postrado enemigo, recurrió al mango del látigo. Semiinconsciente por el golpe, Buck cayó hacia atrás y recibió reiterados latigazos, mientras Spitz propinaba una buena paliza al reincidente Pike.

Durante los días que siguieron, a medida que se iban acercando a Dawson, Buck continuó interponiéndose entre Spitz y los transgresores, pero lo hacía con astucia, cuando François no andaba por allí. Con el encubierto amotinamiento de Buck, surgió y fue aumentando una insubordinación general. Dave y Sol-leks permanecieron al margen, pero el resto del tiro iba de mal en peor. Las cosas ya no funcionaban como debían. Se producían peleas y crispaciones continuas. Había siempre un conflicto en gestación, y en su origen estaba Buck. François permanecía atento, pues temía la lucha a muerte que tarde o temprano había de tener lugar entre los dos perros; y más de una noche, el ruido de una riña lo hizo salir de su saco de dormir, temeroso de que fueran Buck y Spitz los que se hubieran enzarzado.

Pero la oportunidad no se presentó, y así, una tarde gris llegaron a Dawson con la gran pelea todavía pendiente. Había allí multitud de hombres e incontables perros, a todos los cuales Buck encontró trabajando. Al parecer, el que los perros trabajasen pertenecía al orden natural de las cosas. En largas traíllas se los veía pasar en ambas direcciones por la calle principal durante todo el día, y, de noche, sus campanillas continuaban aún tintineando. Transportaban la leña, así como troncos para la construcción de cabañas, acarreaban materiales a las minas y realizaban todos aquellos trabajos que en Santa Clara correspondían a los caballos. Buck encontró ocasionalmente algún perro sureño, pero la gran mayoría eran mezcla de husky y de lobo. Todas las noches, regularmente (a las nueve, a las doce, a las tres), elevaban un canto nocturno, una especie de extraña y sobrecogedora sinfonía a la que Buck se incorporaba con deleite.

Con la aurora boreal vibrando fríamente en el cielo o con las estrellas brincando su gélida danza y la tierra aterida bajo el manto nevado, aquel canto de los huskies parecía ser un desafío a la vida, pero en ese tono menor, entre larguísimos aullidos quejumbrosos, era más bien una súplica, una queja manifiesta por el duro trabajo de existir. Era una canción antigua, tan antigua como la raza misma, una de las primeras canciones de un mundo más joven, de un tiempo en que todas las canciones eran tristes. El sufrimiento de innumerables generaciones impregnaba aquel lamento que tan extrañamente conmovía a Buck. Cuando aullaba y gruñía, lo hacía con el dolor de vivir de sus remotos antepasados salvajes, y con el mismo miedo y misterio del frío y la oscuridad que fueron antaño su miedo y su misterio. Y esa conmoción de su ser marcaba el final del proceso que lo había hecho retroceder a través de épocas enteras de calor y cobijo hasta los crudos orígenes de la vida en la era del aullido.

A los siete días de la llegada a Dawson ya estaban bajando por el empinado talud junto a los Barracks para enfilar la Yukon Trail en dirección a Dyea y Salt Water. Perrault era portador de despachos más urgentes, si cabe, que los que había traído; además, se había apoderado de él un orgullo profesional que lo incitaba a batir las marcas de velocidad del año. Varios aspectos le eran favorables. La semana de descanso había servido para que los perros se recuperasen y estuviesen en perfecto estado. La senda abierta por ellos a campo traviesa había sido después consolidada por otros viajeros. Y por último, la policía había instalado en dos o tres lugares depósitos de comida para los hombres y los perros, de modo que podían viajar con muy poco peso.

El primer día cubrieron el trayecto de cien kilómetros hasta Sixty Mile; y el segundo los encontró avanzando a toda velocidad por el Yukon, camino de Pelly. Pero tan espléndida marcha no se logró sin que François tuviera que afrontar grandes dificultades y contrariedades diversas. La insidiosa revuelta liderada por Buck había destruido la solidaridad en el tiro, que ya no era como un solo perro en acción. El respaldo proporcionado por Buck a los rebeldes los inducía a toda clase de trastadas de poca monta. Spitz había dejado de ser un líder temido. Perdido el respeto temeroso, los demás perros se sentían capaces de desafiarlo. Una noche, Pike, bajo la protección de Buck, le robó la mitad de un pescado y lo engulló. Otra noche, Dub y Joe le hicieron frente y lo forzaron a renunciar al castigo que merecían. Y hasta Billie, el amable, se volvió menos amable y sus gruñidos ya no eran tan cordiales como antes. Buck nunca se acercaba a Spitz sin gruñir ni erizar el pelo, amenazante. De hecho, se comportaba casi como un matón y le daba por pavonearse ante las mismas narices de Spitz.

La alteración de la disciplina afectó también las relaciones entre los demás perros. Se peleaban más que nunca, hasta el punto de que a veces el campamento era un inmenso alboroto de aullidos. Sólo Dave y Sol-leks permanecían al margen, aunque con aquellas riñas permanentes se volvieron irritables. François blasfemaba y lanzaba extraños y brutales juramentos al tiempo que se tiraba de los pelos y daba furiosas e inútiles patadas a la nieve que cubría el suelo. Su látigo resollaba continuamente entre los perros, pero no servía de mucho. En cuanto volvía la espalda, se agarraban otra vez. Con el látigo respaldaba a Spitz, mientras que Buck estaba de parte del resto del equipo. François sabía que era el que estaba detrás de todo aquello, y Buck sabía que lo sabía, pero era demasiado listo para dejarse sorprender. Trabajaba con ahínco, pues el trabajo se le había

"With the aurora borealis flaming coldly overhead"

convertido en un placer; pero un placer aún mayor era provocar arteramente una pelea entre sus compañeros que acababa enmarañando las riendas.

En la desembocadura del Tahkeena, una noche después de comer, Dub avistó un conejo-raqueta, calculó mal y se le escapó. Un segundo después, el equipo entero corría con ansia tras él. A pocas yardas de distancia había un campamento de la policía territorial, con cincuenta perros, todos ellos huskies que se incorporaron a la cacería. El conejo se alejó por el río a toda velocidad, lo abandonó para internarse en un pequeño afluente sobre cuyo lecho helado continuó corriendo a un ritmo constante. Corría ágilmente sobre la superficie nevada mientras los perros se abrían camino con dificultad empleándose a fondo. Buck iba a la cabeza de la jauría de sesenta canes, cogiendo curva tras curva, pero sin obtener ventaja alguna. Iba casi a ras del suelo, gimiendo de impaciencia, con el espléndido cuerpo adelantando, salto a salto, bajo la tenue y blanca luz de la luna. Y, palmo a palmo, como un blanquecino espectro glacial, el centelleante conejo se mantenía por delante.

Esa agitación de ancestrales instintos que en determinadas épocas lleva a los hombres a salir de las bulliciosas ciudades y dirigirse a los bosques y planicies para matar seres vivos con perdigones impulsados químicamente; esa sed de sangre, ese placer de matar: todo ello estaba actuando en Buck, aunque de forma infinitamente más intensa. Marchaba a la cabeza de la jauría, extenuando a aquel animal silvestre, la carne viviente, para matar con sus propios dientes y mojarse el hocico hasta los ojos con la sangre tibia.

Hay un momento de éxtasis que marca la culminación de una existencia y más allá del cual ésta ya no puede elevarse. Y la paradoja existencial consiste en que, pese a sobrevenirle cuando más vivo está el sujeto, le llega cuando ha olvidado por completo que lo está. Este éxtasis, esta inconsciencia de estar vivo, le ocurre al artista., absorbido y enajenado por una intensa pasión; al soldado que, poseído de bélico ardor en un campamento sitiado, se niega a rendirse; y le sobrevino a Buck mientras iba al frente de la jauría emitiendo el inmemorial aullido del lobo, esforzándose al límite de sus fuerzas por atrapar aquel alimento que estaba vivo y huía a toda velocidad, iluminado por la luna. Estaba sondeando las profundidades de su naturaleza y de aquellos elementos de su naturaleza que surgían de honduras más profundas, que se remontaban a las entrañas del tiempo. Prevalecía en él la pura irrupción de la vida, la marea de existir, el perfecto goce de cada músculo, de cada articulación y de cada uno de sus tendones, por el hecho de que todo esto era la otra cara de la muerte, delirio y desenfreno expresado en el movimiento, en la carrera exultante bajo las estrellas y sobre aquella superficie de materia inerte.

Pero Spitz, frío y calculador hasta en los momentos de mayor exaltación, se separó de la jauría y se desvió a través de una angosta franja de terreno donde el afluente trazaba una extensa curva. Buck no se enteró y, al describir él mismo la curva con aquel blanquecino espectro glacial lanzado por delante, vio que otro espectro, más grande aún, daba un salto desde la elevada orilla e interceptaba el paso del conejo. Era Spitz. El conejo no podía retroceder y, cuando los blancos dientes le partieron el espinazo en mitad de un brinco, soltó un chillido tan agudo como el de un hombre herido. Ante aquel sonido, el grito de la Vida que se precipita desde la cúspide en las garras de la Muerte, de la jauría entera que seguía a Buck se elevó un satánico aullido colectivo de placer.

Buck no aulló. Lejos de detenerse, se abalanzó sobre Spitz, que lo esperó de costado, con tal ímpetu que no le atinó a la garganta. Rodaron juntos sobre la nieve en polvo. Spitz se levantó como si no hubiese sido derribado, mordió a Buck en el hombro y se apartó de un salto. En dos ocasiones resonaron las mandíbulas como el acero de un cepo, mientras se alejaba para afianzar las patas, gruñendo y frunciendo los delgados labios para mostrar los dientes.

Buck lo supo al instante. Había llegado el momento. Iba a ser a muerte. Mientras giraban en círculos, gruñendo, con las orejas gachas, intensamente atentos a una posible ventaja, Buck tuvo la sensación de que la escena le era conocida. Le pareció que lo recordaba todo: los blancos bosques y el terreno, el resplandor de la luna y la excitación del combate inminente. Sobre la blancura y el silencio pendía una calma irreal. No soplaba la menor brisa, nada se movía, no temblaba una hoja, el aliento de los perros se elevaba morosamente por el aire helado. Aquellos perros que no eran sino lobos apenas domesticados habían dado cuenta del conejo y ahora formaban un círculo expectante. También ellos participaban del silencio y sólo eran perceptibles el destello de los ojos y el aliento disperso que ascendía con lentitud. A Buck aquella escena ancestral no le resultó nueva ni extraña. Como si siempre hubiera existido, como si fuera normal y consuetudinaria.

Spitz era un luchador experimentado. Desde Spitzberg, por todo el Ártico y a través de Canadá y los Barren, se había hecho valer frente a toda clase de perros y había sabido imponer su ascendiente. La suya era una furia implacable, pero jamás ciega. Incluso poseído por la pasión por despedazar y destruir, en ningún momento olvidaba que su contrario sentía la misma pasión. Nunca embestía hasta estar preparado para recibir una acometida; jamás atacaba hasta haber afianzado el ataque.

En vano se esforzaba Buck en clavar los dientes en el pescuezo del gran perro blanco. Siempre que sus colmillos procuraban atacar una zona blanda, se encontraban con los colmillos de Spitz. Chocaban los colmillos, sangraban los cortes en los labios, sin que Buck consiguiera abrir un resquicio en la defensa de su enemigo. Entonces se enardeció y envolvió a Spitz en un torbellino de ataques. Una y otra vez intentó morderle la garganta, en donde la vida burbujea próxima a la superficie, y cada vez Spitz le dio una dentellada y él se apartó. A continuación, Buck optó por amagar un ataque a la garganta y, súbitamente, echar la cabeza hacia atrás efectuando al mismo tiempo un giro lateral, embistiendo con el hombro a modo de ariete el hombro de Spitz, con objeto de derribarlo. Pero en lugar de eso recibió cada vez una dentellada de Spitz en el hombro en el momento en que este último se apartaba dando un ágil brinco.

Spitz seguía indemne, mientras que Buck sangraba en abundancia y jadeaba. La lucha era desesperada. Y el lobuno círculo silencioso de perros continuaba aguardando para acabar con el que resultase derrotado. Cuando Buck se fue quedando sin resuello, Spitz se dedicó a atacarlo y lo obligó a hacer esfuerzos para no perder el equilibrio. Buck cayó al suelo una vez, y el círculo de sesenta perros se dispuso a avanzar; pero él se recuperó, casi al momento, y el círculo desistió y reanudó la espera.

Pero Buck tenía una cualidad que suplía la corpulencia, y era la imaginación. Luchaba por instinto, pero también era capaz de pelear con raciocinio. Atacó como si intentase el anterior truco del hombro, pero en el último instante se agachó sobre la nieve y sus dientes apresaron la pata delantera izquierda de Spitz. Hubo un crujido de hueso que se quiebra, y el perro blanco le hizo frente con tres patas. Por tres veces intentó Buck derribarlo, y después repitió el último truco y le quebró a Spitz la otra pata delantera. Éste, pese al dolor y a su precario estado, luchó desesperadamente por mantenerse en pie. Veía que el círculo silencioso, del que se elevaba el vaho plateado de las respiraciones, se aproximaba a él con los ojos brillantes y la lengua afuera, tal y como había visto en el pasado círculos similares cercando a adversarios vencidos.

Ya no había esperanza para él. La misericordia era algo reservado a climas más benignos. Buck, inexorable, maniobró para emprender el ataque final. El círculo se había apretado hasta tal punto que él podía sentir la respiración de los huskies. Los veía, más allá de Spitz y a cada lado, medio agazapados para dar el salto y con los ojos fijos en el otro. Hubo un momento de pausa. Todos los animales permanecían inmóviles, como petrificados. Únicamente Spitz se estremecía y se erizaba oscilando hacia adelante y hacia atrás, con un horrible gruñido amenazador, como para ahuyentar con él la muerte inminente. Entonces Buck atacó y reculó enseguida; pero con el primer salto los hombros chocaron de lleno. El oscuro círculo se convirtió sobre la nieve iluminada por la luna en un denso y único punto en el que Spitz desapareció. Buck observaba la escena de pie.

Era el orgulloso vencedor, la primitiva bestia dominante que ha descubierto la satisfacción en la destrucción de su presa.

CAPÍTULO 4

La conquista del poder

-¿Eh? ¿no decir yo? Este Buck valer dos demonios.

Así habló François a la mañana siguiente cuando descubrió la ausencia de Spitz y a Buck cubierto de heridas. Condujo al perro cerca de la hoguera para observárselas a la luz.
 -Spitz pelea como una fiera -dijo Perrault mientras examinaba los desgarrones y los cortes.
 -Y Buck como dos -fue la respuesta de François-. Y ahora nosotros andar deprisa. No Spitz, no más lío, seguro.
 Mientras Perrault empacaba el equipo de acampada y cargaba el trineo, François colocaba los arneses a los animales. Buck se dirigió trotando al lugar de líder que hubiera ocupado Spitz; pero François, sin prestarle atención, llevó a Sol-leks a la codiciada posición. A su juicio, era el mejor perro guía que quedaba. Buck saltó furioso sobre Sol-leks, obligándolo a retirarse y ocupando su lugar.
 -¿Eh? ¿Qué es eso? -exclamó François, palmeándose los muslos, divertido-. Fíjate en Buck. Como mató al Spitz, piensa coger su puesto. ¡Fuera, fuera! -le gritó, pero Buck se negó a moverse.
 Cogió a Buck por el cuello y, aunque el perro gruñía de forma amenazadora, lo arrastró a un lado y colocó en su lugar a Sol-leks. Al veterano animal no le gustó y mostró sin ambages que le tenía miedo

a Buck. François no le hizo caso, pero en cuanto se dio la vuelta, Buck volvió a desplazar a Sol-leks, que se apartó sin resistencia.

François se enfureció.

—¡Pero bueno! ¡Por Dios que vas a ver! —farfulló, mientras volvía al lugar con un garrote en la mano.

Buck recordó al hombre del jersey rojo y se retiró lentamente; tampoco intentó arremeter cuando Sol-leks fue colocado una vez más en el lugar del perro guía. En cambio, describió un círculo un poco más allá del alcance de François, gruñendo de cólera amarga y vigilando al mismo tiempo el garrote para poder esquivarlo si François le daba un golpe. Buck ya era un experto en cuestión de golpes.

El conductor del trineo continuó con su tarea y, cuando se dispuso a colocar a Buck en su habitual lugar delante de Dave, lo llamó. Buck retrocedió dos o tres pasos. François lo siguió y el perro volvió a retroceder. Después de un rato, François se desprendió del garrote, pensando que Buck tenía miedo a una paliza. Pero era una abierta rebelión. Lo que quería no era esquivar un garrotazo, sino asumir la jefatura. Le correspondía. Se la había ganado y no se contentaría con menos.

Perrault intervino para ayudar. Los dos hombres estuvieron casi una hora corriendo tras él. Le lanzaban sus garrotes, él los esquivaba. Lo maldecían a él, a todos sus antepasados y a todos sus posibles descendientes hasta la más lejana de las generaciones futuras, incluyendo además cada pelo de su cuerpo y cada gota de la sangre de sus venas; y él respondía con gruñidos y se mantenía fuera de su alcance. No intentaba huir, sino que se replegaba sin alejarse del campamento, dando a entender claramente que cuando su deseo fuera complacido él se acercaría y se portaría bien.

François se sentó y se rascó la cabeza. Perrault miró su reloj y soltó un juramento. El tiempo volaba, y hacía una hora que deberían haberse puesto en camino. François volvió a rascarse la cabeza, negó con el gesto y dedicó una media sonrisa resignada al correo, que se encogió de hombros en señal de capitulación. Entonces François fue adonde estaba Sol-leks y llamó a Buck. Éste se rió como ríen los perros, pero se mantuvo a distancia. François liberó a Sol-leks de los arreos y restituyó al animal a su antigua posición. El equipo completo de perros estaba ahora uncido al trineo en una fila continua, listo para la marcha. No quedaba ningún lugar para Buck que no fuese al frente. Una vez más, François lo llamó, y de nuevo Buck se rió y mantuvo la distancia.

-Suelta el garrote -ordenó Perrault.

François así lo hizo, y acto seguido Buck se acercó trotando, con una sonrisa triunfal, y se colocó en posición a la cabeza del tiro. Enganchadas las correas, el trineo arrancó y, con los dos hombres corriendo, la partida se dirigió velozmente hacia el río.

A pesar de haberle dedicado tantos elogios, mucho antes de acabar la jornada, François descubrió que había infravalorado a Buck, quien al primer salto asumió los deberes del liderazgo: y en materia de criterio, rapidez mental y acción inmediata, se reveló superior incluso a Spitz, a quien François siempre había considerado insuperable.

Pero donde Buck más destacó fue en la forma de establecer las normas y hacerlas cumplir a sus compañeros. A Dave y a Sol-leks no les importó el cambio de liderazgo. No les incumbía. Lo suyo era trabajar duro y esforzarse al máximo. Siempre que no fuera un impedimento para su tarea, no les importaba lo ocurrido. Les habría dado igual que hubieran puesto de jefe a Billie, el contemporizador, con tal de que mantuviera el orden. El resto del equipo, en cambio, que se había vuelto revoltoso durante la última época de Spitz, se sorprendió ahora que Buck restauraba la disciplina.

Pike, que tiraba inmediatamente detrás de Buck y que jamás había tirado del trineo más que lo estrictamente indispensable, fue inmediata y reiteradamente sacudido por flojear; y antes de acabar la jornada estaba tirando más de lo que jamás había tirado en su vida. La primera noche de campamento, Joe, el resentido, recibió el rotundo castigo que Spitz nunca había conseguido aplicarle. Buck simplemente lo aplastó gracias a su peso superior y lo redujo hasta que el otro dejó de morder y se puso a gemir pidiendo tregua.

El comportamiento general del equipo mejoró con rapidez. Recuperó la antigua solidaridad y una vez más los perros corrieron al mismo ritmo. En Rink Rapids se incorporaron dos huskies nativos, Teek y Koona; y la celeridad con que Buck los dominó dejó sin aliento a François.

–¡Nunca había visto un perro como Buck! –gritó–. ¡No, nunca! ¡Por Dios que vale mil dólares! ¿Eh? ¿Qué dices tú, Perrault?

Perrault asintió con la cabeza. Para entonces llevaba batido el récord y ganaba tiempo cada día. El camino estaba en excelentes condiciones, con la nieve firme y dura. No hacía demasiado frío. La temperatura bajó hasta los diez grados bajo cero y así permaneció durante todo el viaje. Los hombres corrían o montaban en trineo por turnos y tenían a los perros en constante movimiento, sin apenas paradas.

El río Thirty Ele, por su parte, estaba relativamente cubierto de hielo, y en un día recorrieron lo que de ida les había llevado diez. De un tirón se hicieron cien kilómetros desde la punta del lago Le Barge hasta los rápidos de White Horse. Al atravesar el Marsh, el Tagish y el Bennett (cien kilómetros de lagos), su velocidad era tal que al hombre que le tocaba ir corriendo era remolcado atado al extremo de una cuerda. Y la última noche de la segunda semana coronaron el White Pass y bajaron raudos por la pendiente marítima con las luces de Skaguay y las embarcaciones a sus pies.

El viaje estableció un récord. En los catorce días que duró hicieron un promedio de setenta kilómetros diarios. Durante tres días, Perrault y François provocaron el entusiasmo en toda la calle principal de Skaguay y fueron abrumados con invitaciones a beber; por su parte, el equipo fue durante mucho tiempo el centro de atención de una multitud de admirados buscadores de oro y conductores de trineo. Después, tres o cuatro facinerosos que aspiraban a «limpiar» la ciudad fueron acribillados a balazos y el interés público se volvió hacia otros ídolos. Después llegaron órdenes oficiales. François llamó a Buck, lo abrazó, y lloró sobre él. Era el final. Como otros hombres, antes y después, François y Perrault se apartaron para siempre de la vida de Buck.

Un mestizo escocés se hizo cargo de él y de sus compañeros, y junto con una docena más de perros emprendieron el difícil camino a Dawson. Esta vez no se trataba de viajar ligeros de equipaje ni de batir un récord, sino de hacer un descomunal esfuerzo todos los días arrastrando una pesada carga. Aquel era el convoy del correo que llevaba las noticias del mundo a los hombres que buscaban oro en las regiones polares.

A Buck aquello no le gustaba, pero resistía bien el esfuerzo movido por el mismo orgullo que Dave y Sol-leks ponían en el trabajo, y se ocupaba de que los demás, con orgullo o sin él, colaboraran con la parte que les tocaba. Era una vida monótona que funcionaba con la regularidad de una máquina. Los días eran todos iguales. Todas las mañanas, a una hora determinada, entraban en acción los cocineros, se encendían las hogueras y se desayunaba. Luego, mientras unos levantaban el campamento, otros enganchaban a los perros, y, una hora antes de que el cielo oscureciera anunciando el amanecer, se habían puesto en marcha. Por la noche se instalaba el campamento. Unos montaban las tiendas, otros cortaban la leña y las ramas de pino para los jergones, y otros acarreaban agua o hielo para los cocineros. También se daba de comer a los perros. Para ellos, aquél era el hecho más importante del día, aunque después de comer y durante una o dos horas, les gustaba vagar todos juntos (eran más de un centenar) sin nada que hacer por los alrededores del campamento. Algunos eran valientes luchadores, pero, después de tres peleas con los más fieros, Buck adquirió la posición dominante, y a partir de entonces, cuando erizaba el pelo y enseñaba los dientes, los demás se apartaban de su camino.

Quizá lo que más le gustaba era tumbarse cerca del fuego con las patas traseras bajo el cuerpo y las delanteras extendidas, erguida la cabeza, con templando las llamas con aire soñador. A veces pensaba en la vasta finca del juez Miller en el soleado valle de Santa Clara, en el tanque de cemento donde nadaba, en Ysabel, la chihuahua, y en Toots, la perrita japonesa; pero con mayor frecuencia evocaba al hombre del jersey rojo, la muerte de Curly, el gran duelo con Spitz y las cosas buenas que había comido o le gustaría comer. No sentía nostalgia. Los recuerdos de las tierras soleadas eran difusos y distantes y no le influían. Mucho más poderosa era la memoria hereditaria, que teñía de aparente familiaridad cosas nunca vistas antes; los instintos (que no eran sino los recuerdos de sus antepasados convertidos en hábito) debilitados por el paso de los años que despertaban y revivían en él.

A veces, en su ensoñación, tumbado y pestañeando, tenía la impresión de que las llamas eran de otro fuego y de que junto a él veía a un individuo distinto del cocinero mestizo que tenía delante. Este otro hombre tenía las piernas más cortas y los brazos más largos, músculos fibrosos y nudosos en lugar de redondeados y prominentes. El cabello de este hombre era largo y enmarañado y, bajo él, su cráneo retrocedía hacia atrás a partir de los ojos. Emitía unos sonidos extraños y parecía tenerle pavor a la oscuridad, que escudriñaba continuamente aferrando en la mano, suspendida a medio camino entre la rodilla y el pie, un garrote con una pesada piedra en el extremo. Estaba casi desnudo, y una andrajosa piel chamuscada le colgaba de la espalda, pero un vello espeso le cubría el cuerpo. En algunas zonas, como el pecho y los hombros, y por la parte exterior de los brazos y los muslos, el vello estaba tan apelmazado que más parecía una piel gruesa. No tenía el tronco erguido, sino que desde las caderas se inclinaba hacia adelante sobre unas piernas que se doblaban por las rodillas. Había en aquel cuerpo una agilidad, o elasticidad, casi felina, y tenía la actitud alerta de quien vive en constante temor y sobresalto por lo que ve y lo que no ve.

Otras veces, aquel hombre velludo se quedaba en cuclillas junto al fuego con la cabeza entre las piernas y se dormía con los codos apoyados en las rodillas y las manos entrelazadas sobre la cabeza, como si quisiera protegerse de la lluvia con los brazos velludos. Y al otro lado de aquel fuego, en la oscuridad circundante, veía Buck ascuas relucientes, por pares, siempre de dos en dos, en las que reconocía los ojos de grandes fieras carniceras. Y oía el ruido de sus cuerpos al desplazarse por la maleza y los sonidos que emitían en la noche. Y allí, soñando a orillas del Yukón, parpadeando ante el fuego con ojos adormilados, aquellos sonidos y visiones de otro mundo le erizaban el pelo del lomo y del cuello y entonces emitía un leve gemido o un gruñido débil hasta que el cocinero mestizo le gritaba, «¡Eh, Buck, despierta!». Aquel mundo se desvanecía y el mundo real le entraba por los ojos, y se levantaba, bostezaba y se desperezaba como si de verdad hubiera estado durmiendo.

Fue un viaje difícil por la carga que arrastraban, y un esfuerzo tan duro resultó agotador. Al llegar a Dawson habían perdido peso y estaban tan extenuados que habrían necesitado diez días, o al menos una semana, de descanso. Pero a los dos días ya iban bajando por las márgenes del Yukón hacia los Barracks, cargados de cartas para el extranjero. Los perros estaban fatigados, los conductores, de mal humor, y por si fuera poco, nevaba todos los días. Esto quería decir un terreno blando, mayor fricción en los patines y más dificultad para los perros; pero los conductores afrontaban todo aquello con prudencia y hacían cuanto podían para que no resultase demasiado duro para los animales.

Los perros eran los primeros en ser atendidos cada noche. Comían antes que los conductores, y ningún hombre buscaba su saco de dormir hasta haber examinado las patas de los perros a su cargo. Aun así, la fuerza de los animales declinaba. Desde el comienzo del invierno habían cubierto tres mil kilómetros, arrastrando trineos a lo largo de tan agobiadora distancia; y tres mil kilómetros hacen mella hasta en los más fuertes. Buck lo soportó y, manteniendo la disciplina, obligaba a los perros de su equipo a cumplir con la parte que les correspondía. Pero también él estaba muy cansado. Por la noche, Billie gemía y se quejaba en sueños. Joe estaba peor dispuesto que nunca, y Sol-leks era inabordable, fuera por el lado ciego o por el otro.

Pero de todos, el que más sufría era Dave. Algo le había ocurrido. Se volvió más sombrío e irritable y, en cuanto se montaba el campamento, se preparaba el refugio y allí le daba de comer su conductor. Una vez desenganchado y en su hoyo, no volvía a ponerse en pie hasta la hora de ocupar su puesto a la mañana siguiente. A veces, cuando durante la marcha recibía una sacudida provocada por un súbito frenazo del trineo, o cuando tiraba más fuerte al arrancar, soltaba un aullido de dolor. El conductor lo examinaba pero no le encontraba nada. Los demás conductores acabaron interesados en el caso. Lo comentaban a la hora de comer o mientras fumaban la última pipa antes de irse a dormir, y una noche decidieron examinar el perro todos juntos. Lo llevaron junto al fuego y palparon y exploraron su cuerpo hasta arrancarle reiterados quejidos de dolor. Algo andaba mal en su interior, pero no pudieron localizar ningún hueso roto ni averiguar nada.

Cuando llegaban a Cassiar Bar, Dave estaba tan débil que hizo el trayecto cayéndose varias veces. El mestizo escocés decidió acabar con aquello, así que lo sacó del tiro y puso a Sol-leks en su lugar. Quería que Dave se tomase un descanso corriendo con libertad detrás del trineo. Pero aún enfermo como estaba, Dave no podía tolerar la exclusión; rezongó con gruñidos mientras lo desenganchaban y se puso a gemir desconsolado al ver a Solleks en el puesto que él había ocupado con eficacia durante tanto tiempo. Porque sentía el orgullo del camino y del arnés, y ni mortalmente enfermo podía soportar que otro perro ocupara su sitio.

Cuando el trineo arrancó, Dave se puso a correr por la nieve blanda que flanqueaba el sendero batido, empezó a darle dentelladas a Sol-leks, a embestirlo para que cayera sobre la nieve blanda de otro lado, y a intentar meterse entre Sol-leks y el trineo, gruñendo y aullando sin parar de dolor y consternación. El mestizo intentó alejarlo con el látigo; pero Dave no hizo caso del cinto urticante y al hombre le habría partido el alma golpearle con más fuerza. El perro se negó a correr obediente detrás del trineo, donde le habría sido más fácil, y continuó marchando con dificultad a un lado, por la nieve blanda, hasta que ya no pudo más. Entonces cayó y quedó postrado donde había caído, aullando de un modo lúgubre mientras la larga caravana de trineos corría con rapidez.

Con una última reserva de energía consiguió ponerse en pie y seguirlos a rastras, y una nueva parada le permitió adelantarse dando tumbos y llegar hasta el costado de su propio trineo, donde se detuvo junto a Sol-leks. El conductor se había entretenido un momento para pedir fuego al hombre que iba detrás y encender la pipa. Después volvió a su sitio e hizo arrancar a sus perros, que se pusieron en marcha con insólita facilidad, giraron inquietos la cabeza y se detuvieron sorprendidos. También el conductor se sorprendió: el trineo no se había movido. Llamó a sus colegas para que fueran testigos de lo que estaba viendo. Dave había cortado a dentelladas las correas de Sol-leks y se había colocado directamente delante del trineo, en el sitio que le correspondía.

Con la mirada suplicaba que lo dejasen allí. El conductor estaba perplejo. Sus colegas comentaron que a un perro se le podía romper el corazón cuando se le negaba la posibilidad de hacer el trabajo que lo estaba matando, y recordaron a otros perros que habían conocido, demasiado viejos para el trabajo o heridos, que habían muerto al ser excluidos del tiro. Y pensaron que, puesto que de todas formas Dave iba a morir, sería mejor que muriera enganchado, feliz y contento. De modo que le colocaron los arreos y él se puso a tirar con orgullo como antes, aunque más de una vez gimiera sin poder evitar el penetrante dolor de sus entrañas. Muchas veces se desplomó y fue arrastrado por los demás, y en una ocasión el trineo se lo llevó por delante, y a partir de aquel momento se quedó cojeando de una de las patas traseras.

Pero aguantó hasta llegar al campamento, donde el conductor le hizo un lugar junto al fuego. Por la mañana lo encontró demasiado débil para viajar. A la hora del enganche intentó llegar como fuese hasta el conductor. Con un esfuerzo convulsivo se puso de pie, vaciló y cayó. Entonces empezó a arrastrarse lentamente hasta el lugar donde estaban enganchando a los perros. Adelantaba las patas delanteras y arrastraba el resto del cuerpo, y volvía a hacerlo para ganar cada vez un breve trecho. Las fuerzas lo abandonaron, y la última vez que sus compañeros lo vieron yacía jadeando sobre la nieve, mirándolos con anhelo. Pero lo oyeron aullar de forma lastimera hasta que se perdieron de vista detrás de una hilera de árboles.

Allí la caravana se detuvo. El mestizo escocés volvió lentamente sobre sus pasos hacia el campamento de donde habían salido. Los hombres deja ron de hablar. Sonó un disparo de revólver. El hombre regresó apresuradamente. Restallaron los látigos, sonaron alegremente las campanillas, los trineos se deslizaron velozmente; pero Buck sabía, y lo sabía cada uno de los perros, lo que había ocurrido detrás de aquella hilera de árboles.

CAPÍTULO 5

El duro esfuerzo del camino

A los treinta días de haber salido de Dawson, el correo de Salt Water, con Buck y sus compañeros al frente, llegó a Skaguay. Estaban en un estado lamentable, agotados y exhaustos. El peso de Buck se había reducido de sesenta y cinco a cincuenta kilos. El resto de los perros, aun pesando menos, habían perdido relativamente más peso que él. Pike, el tramposo, que se había pasado la vida fingiendo y que tantas veces había logrado hacer creer que tenía una pata herida, cojeaba ahora de verdad. Sol-leks andaba paticojo, y Dub tenía una paletilla dislocada.

A todos les dolían terriblemente las plantas de las pies. No podían saltar. Dejaban caer pesadamente las patas en la tierra trasmitiendo la vibración a su cuerpo, con lo que duplicaban la fatiga de la jornada. No les pasaba nada, excepto que estaban muertos de cansancio. No se trataba del agotamiento que sigue a un determinado y excesivo esfuerzo del que cabe recuperarse en cuestión de horas, sino de la lenta y prolongada extenuación provocada por meses de esfuerzo sostenido. Ya no tenían capacidad de recuperación ni reserva de energías a la que recurrir. Habían utilizado todo lo que tenían. Cada músculo, cada fibra, cada célula, participaba de la extenuación, de la mortal fatiga. Y había motivo. En menos de cinco meses habían recorrido cuatro mil quinientos kilómetros, los últimos tres mil con sólo cinco días de descanso. Cuando llegaron a Skaguay estaban en las últimas. Apenas podían mantener tensas las riendas y, en cuesta abajo, les era difícil mantenerse fuera del alcance del trineo.

–¡Adelante, pobrecillos! –los animaba el conductor mientras avanzaban tambaleantes por la calle principal de Skaguay–. ¡Fin de trayecto! Después tendremos un largo descanso, ¿eh? Un descanso magnífico.

Los propios conductores– esperaban confiados un prolongado respiro. Habían hecho dos mil kilómetros con dos días de asueto, y razonablemente y en justicia se merecían un intervalo de descanso. Pero eran tantos los hombres que habían acudido a Klondike y tan numerosas las novias, esposas y demás familiares que no lo habían hecho, que la congestión postal estaba adquiriendo enormes proporciones; y además estaban los despachos oficiales. Nuevas tandas de perros de la bahía de Hudson habrían de reemplazar a los que ya no valían para el camino. Había que desprenderse de estos últimos y, puesto que un perro poco significa frente a un puñado de dólares, el caso era venderlos. Pasaron tres días, en el transcurso de los cuales Buck y sus compañeros descubrieron cuán cansados y debilitados estaban. Después, en la mañana del cuarto día, llegaron de los Estados Unidos dos hombres, que los compraron con arneses incluidos, por cuatro cuartos. Se llamaban Hal y Charles. Charles era de mediana edad, más bien moreno, tenía la mirada miope y acuosa y un mostacho que se retorcía con furia hacia arriba como para compensar la aparente blandura del labio que ocultaba. Hal era un joven de diecinueve o veinte años, con un gran revólver Colt y un cuchillo de caza sujetos al cuerpo por un cinturón provisto de cartuchos. Este cinturón era el elemento más llamativo de su persona. Proclamaba su inmadurez, una absoluta e inefable inmadurez. Los dos hombres estaban manifiestamente fuera de lugar, y el porqué de que semejantes individuos se hubieran aventurado a viajar al norte es parte de un misterio que escapa al entendimiento.

Buck oyó el regateo, vio pasar el dinero de las manos del hombre y a las del agente del gobierno, y se dio cuenta de que el mestizo

HAL

escocés y los conductores de trineos del correo desaparecían de su vida como había ocurrido con Perrault y François y con los que los habían precedido. Lo que Buck vio en el campamento al que los llevaron los nuevos dueños fue abandono y suciedad, una tienda a medio desmontar, platos sin fregar y un desorden general; vio también a una mujer, a quien los hombres llamaban «Mercedes». Era la mujer de Charles y la hermana de Hal: toda una familia...

Buck los observó con aprensión mientras acababan de desmontar la tienda y cargaban el trineo. Lo hacían todo con gran despliegue de gestos, pero sin un método eficaz. La tienda fue enrollada formando un bulto tres veces más voluminoso de lo que podía haber sido. Guardaron los platos de lata sin fregarlos. Mercedes revoloteaba continuamente saliendo al paso a los hombres y no paraba de charlar haciéndoles reproches y dándoles consejos. Cuando ya habían colocado una bolsa con ropa en la parte delantera del trineo, Mercedes sugirió que debería ir en la de atrás; y una vez puesta allí la bolsa y quedar tapada por otros dos bultos, descubrió que le había pasado por alto guardar unas prendas que sólo podían ir en ella, así que hubo que descargarla otra vez.

De una tienda vecina salieron tres hombres que se quedaron mirando la escena entre guiños y sonrisas.

Ya llevan ustedes bastante peso -dijo uno de ellos- y, aunque no me corresponda meterme en sus asuntos, yo en su lugar no cargaría con esa tienda.

-¡Qué esperanza! -exclamó Mercedes, alzando los brazos al cielo con afectada consternación-. ¿Cómo demonios voy a arreglármelas sin una tienda?

-Estamos en primavera, ya no volverá a hacer frío -replicó el hombre.

Ella meneó la cabeza con decisión, y Charles y Hal colocaron los últimos trastos encima de la voluminosa carga.

-¿Le parece que andará? -preguntó uno de los hombres.

-¿Por qué no? -dijo Charles secamente.

-Oh, está bien, está bien -se apresuró a decir el otro, en tono conciliatorio-. Sólo me lo preguntaba. Parece que llevan mucha carga.

Charles le dio la espalda y amarró las cuerdas lo mejor que pudo, o sea no demasiado bien.

-Y por supuesto los perros podrán tirar todo el día de ese artefacto -afirmó el segundo de los hombres.

-Desde luego -dijo Hal con helada cortesía, al tiempo que cogía la vara con una mano y blandía el látigo con la otra-. ¡Arre! -gritó-. ¡Adelante! Los perros saltaron y tiraron de las riendas durante unos momentos, pero después aflojaron. No podían mover el trineo.

—¡Bestias holgazanas, yo os enseñaré! —les gritó Hal, disponiéndose a darles con el látigo.

—¡No, Hal, eso no! —intervino Mercedes a gritos, al tiempo que agarraba el látigo y se lo arrebataba—. ¡Los pobrecillos! Tienes que prometerme que no serás cruel con ellos durante el viaje o yo no daré un paso.

—¡Qué sabrás tú de perros! —exclamó desdeñosamente su hermano—; y haz el favor de dejarme en paz. Son perezosos, te lo aseguro, y hay que darles de azotes para que rindan. Ellos son así. Pregunta a cualquiera. Pregúntaselo a uno de ésos. Mercedes dirigió a los hombres una mirada implorante; en su bonito rostro se había dibujado un gesto de indecible repugnancia ante el sufrimiento de los animales.

—Si quiere usted saberlo están muy débiles —fue la respuesta de uno de los hombres—. Completamente hechos polvo, ésa es la verdad. Necesitan descanso.

Y una mierda —dijo Hal, y Mercedes soltó un «¡Oh!», dolida y apesadumbrada ante el improperio. Pero siendo una criatura apegada a los suyos, se apresuró a tomar partido por su hermano.

—No hagas caso de ese hombre —dijo con intención—. Tú eres quien conduce a nuestros perros, y haz con ellos lo que te parezca mejor.

Nuevamente descargó Hal el látigo sobre los perros, que tiraron de las riendas, clavaron las patas en la nieve y pusieron en el empeño todas sus fuerzas. El trineo resistió como si fuera un ancla. Después de dos intentos, los perros quedaron inmóviles, jadeando. El látigo silbaba sin piedad cuando Mercedes intervino de nuevo. Cayó de rodillas ante Buck, con lágrimas en los ojos, y le abrazó el cuello.

—Pobrecitos míos —exclamó llorosa y compasiva—, ¿por qué no tiráis más fuerte? Así no os azotarán.

A Buck no le gustó esta mujer, pero estaba demasiado afligido para resistírsele y lo tomó como parte de la desgraciada jornada.

Uno de los espectadores, que había estado apretando los dientes para no estallar, habló entonces:

—No es que me importe lo que os pase a vosotros, pero por el bien de los perros sólo quiero deciros que podríais serles de grandísima ayuda si liberáseis ese trineo. Los patines están firmemente adheridos al hielo. Tenéis que romperlo.

Por tercera vez se intentó la partida, pero esta vez, siguiendo el consejo, Hal liberó los patines que habían quedado congelados en la nieve. El sobrecargado y rígido trineo se puso en marcha, con Buck y sus compañeros esforzándose frenéticamente bajo la lluvia de golpes. Un centenar de metros más adelante, la senda describía una curva y descendía en empinada pendiente hacia la calle principal. Para mantener en pie el inestable trineo habría hecho falta un hombre con experiencia, y Hal no lo era. Al tomar la curva con velocidad, el trineo volcó, desparramando la mitad de la carga mal sujeta. Los perros ni siquiera se detuvieron. El trineo aligerado botaba de un lado a otro tras ellos, irritados por el maltrato recibido y por la carga excesiva. Buck estaba furioso. Apretó la carrera, y el equipo lo siguió. Hal gritaba «¡soo! ¡soo!», pero ellos no le hacían caso. El tropezó y cayó. El trineo volcado pasó con estruendo por encima de él, y los perros prosiguieron a toda marcha, contribuyendo al jolgorio general en Skaguay al desparramar el resto de los trastos por la calle principal.

Unos ciudadanos de buen corazón detuvieron a los perros y recogieron los bártulos desperdigados. Les dieron, además, sanos consejos. Reducir la carga a la mitad y duplicar el número de perros era la fórmula, si querían llegar alguna vez a Dawson. Hal, su hermana y su cuñado escucharon de mala gana, montaron la tienda y pasaron revista a sus posesiones. La aparición de alimentos enlatados provocó la risa entre los espectadores, ya que a nadie se le ocurriría llevar latas en la Larga Marcha.

—Mantas para un hotel —dijo uno de los hombres que reían y ayudaban—. La mitad de las cosas que lleváis son superfluas: tiradlas. Y la tienda, y todos esos platos. ¿Quién los va a fregar, en todo caso? Dios mío, ¿creéis que viajáis en un Pullman?

Se procedió, pues, a la inexorable eliminación de lo superfluo. Mercedes lloró cuando descargaron las bolsas con su ropa y fueron tirando una prenda tras otra. Lloraba en general y lloraba en particular por cada artículo descartado. Sentada con las manos aferradas a las rodillas, se mecía con desconsuelo adelante y atrás. Prometió que no se movería un solo centímetro ni por una docena de Charles. Apeló a todos y a todo, y finalmente se enjugó las lágrimas y se puso a tirar incluso artículos de vestir que eran absolutamente necesarios. Y en su afán de tirar, cuando acabó con las suyas la emprendió como un torbellino con las pertenencias de los hombres.

Cuando acabaron la carga, aún reducida a la mitad, seguía siendo tremenda. Charles y Hal salieron al anochecer y compraron seis perros más, que, sumados a los seis del equipo original, más Teek y Koona (los huskies comprados en Rink Rapids durante el viaje récord), elevaron el número de animales a catorce. Pero los perros recién adquiridos, aunque dominados prácticamente desde un primer momento, no aportaron gran cosa. Tres de ellos eran pelicortos perros de muestra, otro era un terranova, y los otros dos, mestizos de raza indefinida. Los recién llegados no parecían al tanto de nada. Buck y sus compañeros los miraban con desdén, y aunque él les enseñó enseguida su lugar y lo que no debían hacer, no pudo instruirlos sobre lo que sí debían hacer. No se adaptaron a la dura rutina del camino. Excepto los dos mestizos, estaban aturdidos, y el salvaje y desconocido entorno y el maltrato recibido les habían quebrantado el ánimo. Los dos mestizos carecían de vitalidad; lo único quebrantable en su caso eran los huesos.

Con los perros nuevos, inservibles y desanimados, y el equipo anterior agotado por cuatro mil quinientos kilómetros de continuo esfuerzo, las perspectivas no eran muy halagüeñas. No obstante, los dos hombres estaban bastante contentos. Y también orgullosos. Con catorce perros, estaban haciendo las cosas a lo grande. Habían visto otros trineos que cruzaban el paso hacia Dawson o que venían de allí, pero ninguno con catorce perros. Hay una razón obvia por la que en los viajes por el Ártico catorce perros no deben tirar de un trineo, y es que en un solo trineo no cabe la comida para catorce perros. Pero Charles y Hal lo ignoraban. Habían hecho un cálculo teórico, a tanto por perro, catorce perros, tantos días, igual a tanto. Mercedes, que había visto el cálculo por encima, había asentido: era todo tan sencillo...

Avanzada la mañana siguiente, Buck encabezó el largo tiro calle arriba. No había animación alguna en el grupo, ni brío o dinamismo en él y sus compañeros. Partían con un cansancio mortal. Cuatro veces había cubierto Buck el trayecto entre Salt Water y Dawson, y el saber que, harto y cansado, afrontaba una vez más el mismo camino, lo amargaba. Ni él ni ninguno de los demás perros se entregaba de corazón a la tarea. Los perros nuevos eran tímidos y estaban asustados, los veteranos no tenían confianza en sus amos.

Buck sentía vagamente que no podía confiar en aquellos dos hombres ni en la mujer. No sabían cómo hacer las cosas, y con el paso de los días fue evidente que eran incapaces de aprender. Eran descuidados, carecían de orden y de disciplina. Les llevaba la mitad de la noche montar un precario campamento, y media mañana levantarlo y cargar el trineo, y lo hacían de una forma tan inadecuada que durante el resto del día tenían que detenerse varias veces para volver a acomodar la carga. Hubo días en que no lograron recorrer veinte kilómetros. Otros, que ni siquiera consiguieron arrancar. Y no hubo uno solo en el que lograsen cubrir más de la mitad de la distancia que habían tomado como base para calcular la comida de los perros.

Era inevitable, pues, que acabara escaseando. Pero ellos precipitaron la escasez sobrealimentando a los perros, con lo que aceleraron también el momento en que habrían de darles menos. Los perros nuevos, cuyos jugos gástricos no se habían formado en hambre crónica y por tanto no sabían extraer de lo escaso el máximo partido, tenían un apetito voraz. Y además, cuando los agotados huskies empezaron a tirar poco, Hal decidió que las raciones programadas al principio eran demasiado pequeñas y las duplicó. Y para rematar, Mercedes, viendo que aun con las lágrimas en sus bonitos ojos y la voz temblorosa no lograba convencer a Hal para que les diera un poco más, decidió robar pescado de los sacos para dárselo a los perros a escondidas. Pero lo que Buck y sus compañeros necesitaban no era comida, sino descanso. Y aunque avanzaran con lentitud, la pesada carga que arrastraban socavaba gravemente sus fuerzas.

Después vinieron las privaciones. Un día Hal se dio cuenta de que se había consumido la mitad de la comida de los perros cuando se había cubierto únicamente la cuarta parte del trayecto; y, además, de que no había ninguna posibilidad de conseguir más. De modo que redujo la ración programada e intentó aumentar el tramo de recorrido diario. Su hermana y su cuñado lo secundaron; pero sus propósitos resultaron inútiles debido a que el peso de la carga era excesivo y a su propia incompetencia. Era fácil dar menos comida a los perros, pero era imposible hacerlos andar más rápido, cuando la incapacidad de sus amos para salir temprano por las mañanas impedía alargar las jornadas. No sólo no sabían cómo hacer trabajar a los perros, sino que no sabían trabajar ellos mismos.

El primero en caer fue Dub. Pobre ladrón inepto como era, al que siempre pescaban y castigaban, había sido, con todo, un fiel trabajador. La paletilla que tenía dislocada, sin cuidados ni descanso, fue de mal en peor, hasta que finalmente Hal lo liquidó de un disparo con su pesado revólver Colt. Hay un dicho de la región que afirma que, con la ración de un perro esquimal, uno foráneo se muere de hambre, de modo que, con la mitad de la ración de uno, los seis extranjeros al mando de Buck no podían hacer otra cosa que morirse. El terranova fue el primero, seguido por los tres pelicortos de muestra; los dos mestizos se aferraron con más fuerza a la vida, pero al final también cayeron.

A esas alturas, todo rasgo de sociabilidad y delicadeza había desaparecido de Charles, Hal y Mercedes. Despojado de su encanto romántico, el viaje por el Ártico se convirtió para ellos en una realidad demasiado exigente. Mercedes dejó de derramar lágrimas por los perros, demasiado ocupada en llorar por sí misma y en pelearse con su marido y con su hermano. Pelearse era lo único de lo que no se cansaban nunca. La irritabilidad surgía de su amargura por la situación y se hizo progresivamente más intensa. La admirable paciencia de la que se arman durante la marcha los individuos que, aun trabajando duramente y padeciendo enormes dificultades, son capaces de conservar la ecuanimidad y de expresarse sin acritud, no vino en auxilio de aquellas tres personas. Ni siquiera podían imaginársela. Estaban entumecidos y sufrían; les dolían los músculos, les dolían los huesos, les dolía hasta el alma; de ahí que hablaran con aspereza y que lo primero que acudiera a sus labios por la mañana y lo último que acudiera por la noche fueran agravios.

Charles y Hal discutían cada vez que Mercedes les daba la oportunidad. Cada cual creía firmemente que realizaba una parte del trabajo mayor de la que le correspondía y ninguno de los dos dejaba de proclamarlo a la menor ocasión. Ella tomaba partido unas veces por su marido y otras por su hermano. El resultado era una dura e interminable riña familiar. A partir de una disputa sobre cuál de los dos había de cortar la leña para el fuego (un desacuerdo que concernía únicamente a Charles y Hal), acababa involucrando al resto de la familia, padres, madres, tíos, primos, personas que se hallaban a centenares de kilómetros de distancia y, algunas de ellas, incluso muertas. Que las opiniones de Hal sobre arte o sobre la clase de comedias que escribía el hermano de su madre tuvieran algo que ver con la leña que había que cortar, supera el límite de lo comprensible; sin embargo, tan posible era que la discusión tomara ese rumbo como que derivase hacia los prejuicios políticos de Charles. Y que la lengua viperina de la hermana de Charles tuviera algo que ver con la forma de hacer una hoguera en el Yukón sólo resultaba obvio para Mercedes, quien vertía numerosas opiniones sobre el asunto, y de paso sobre algunos rasgos desagradablemente peculiares de la familia de su esposo. Entre tanto, el fuego se quedaba sin encender, el campamento a medio montar y los perros sin comer.

Las quejas de Mercedes tenían que ver con el sexo. Era guapa, bonita y delicada y durante toda su vida había sido tratada con delicadeza. Pero el trato que ahora recibía de su esposo y de su hermano no tenía nada de delicado. Tenía la costumbre de declararse incapaz. Ellos protestaban. Y como no aceptaban lo que ella consideraba su más esencial prerrogativa femenina, les hacía la vida imposible. Ya no le daban pena los perros y, como estaba ofendida y cansada, insistía en viajar subida al trineo. Era bonita y delicada, sí, pero pesaba cincuenta y cinco kilos... un suplemento un poco excesivo para agregarlo al peso que arrastraban aquellos animales débiles y hambrientos. Lo hizo durante días, hasta que los perros cayeron agotados y el trineo quedó inmóvil. Charles y Hal le rogaron que bajara y caminase, se lo suplicaron, se lo imploraron, mientras ella lloraba e importunaba al Altísimo con una relación de sus brutalidades.

En una ocasión la bajaron del trineo a la fuerza. No volvieron a hacerlo nunca. Ella aflojó las piernas como una niña malcriada y se sentó en el camino. Ellos reanudaron la marcha, pero ella no se movió. Cuando hubieron recorrido cinco kilómetros, y después de deshacerse de parte de la carga, regresaron a por Mercedes y, otra vez a la fuerza, volvieron a subirla al trineo.

La excesiva atención que prestaban a la grave situación de sus asuntos los hacía insensibles al sufrimiento de sus animales. La teoría de Hal, que él aplicaba a los demás, era que había que endurecerse. Había empezado por predicársela a su hermana y a su cuñado. Como no encontró eco, se la inculcaba a los perros con el garrote. En Five Fingers se acabó la comida para los perros, y una vieja india desdentada les ofreció unos kilos de pellejo de equino congelado a cambio del revólver Colt que Halt llevaba en la cadera junto con el cuchillo de caza. Pobre substituto del alimento eran aquellas tiras de pellejo, conservadas tal como habían sido arrancadas seis meses antes a los caballos muertos de hambre de unos ganaderos. Congeladas, más parecían de hierro galvanizado, y, cuando un perro conseguía con gran esfuerzo metérselas en el estómago, se descongelaban y se convertían en delgadas e insulsas cintas correosas y en una masa de cerdas caballares irritantes e indigestas.

Y, en medio de todo esto, Buck avanzaba tambaleante a la cabeza del tiro, como en una pesadilla. Cuando podía, tiraba; cuando ya no podía, se desplomaba y así permanecía hasta que los golpes de látigo o de garrote lo hacían ponerse nuevamente de pie. Su hermoso pelaje afelpado había perdido suavidad y brillo. El pelo le caía lacio y sucio de barro, o pegajoso y duro por la sangre seca en los lugares donde había caído el garrote de Hal. Sus músculos se habían reducido a unas cuerdas nudosas y la masa carnosa había desaparecido, con lo cual cada costilla y cada hueso de su cuerpo se traslucía con toda claridad a través del pellejo fláccido, cuyos pliegues revelaban el vacío del interior. Era desgarrador, pero el ánimo de Buck era inalterable. El hombre del jersey rojo lo había comprobado.

Lo mismo que con Buck ocurría con sus compañeros. Eran esqueletos ambulantes. Eran siete en total, incluyéndolo a él. La acumulación de sufrimientos los había vuelto insensibles a los latigazos o los golpes del garrote. El dolor de los golpes era tan sordo y remoto como lo que veían sus ojos y percibían sus oídos. Estaban vivos a medias, o quizá menos. No eran más que bolsas de huesos en las que todavía alentaba un débil soplo vital. Cuando había una parada se dejaban caer medio muertos, y el soplo se atenuaba, se debilitaba y parecía extinguirse. Y cuando el látigo o el garrote les caía encima, el soplo se animaba y se levantaban tambaleantes para reanudar la marcha con paso inseguro.

Llegó un día en que el afable Billie cayó y no pudo levantarse. Hal, como ya no tenía el revólver, cogió un hacha y allí mismo le asestó un golpe en la cabeza, tras lo cual liberó al cadáver del arnés y lo arrastró a un lado del camino. Buck lo vio todo, lo mismo que sus compañeros, y todos se dieron cuenta de que aquello lo tenían muy cerca. Al día siguiente cayó Koona, y se quedaron en cinco: Joe, demasiado exhausto para tener amargura; Pike, tullido y cojeando, sólo consciente a medias y no lo bastante como para escaquearse; Sol-leks, el tuerto, que todavía se esforzaba lealmente por cumplir su parte y se lamentaba por tener tan pocas fuerzas para tirar del trineo; Teek, que no había viajado tanto como los otros ese invierno y que ahora recibía más golpes que los demás por ser el más nuevo; y Buck, siempre a la cabeza del tiro, pero sin imponer disciplina ni quebrantarla, ciego de debilidad la mitad del tiempo, distinguiendo el camino por los reflejos y por el impreciso tacto de sus patas.

Hacía un hermoso tiempo primaveral, pero ni los perros ni los humanos eran conscientes de ello. Cada día el sol salía más temprano y se ponía más tarde. Amanecía a las tres de la mañana y el atardecer se alargaba hasta las nueve de la noche. El día entero era una llamarada de sol. El fantasmal silencio del invierno había dado paso al intenso murmullo primaveral del despertar de la vida. Era un murmullo que surgía de toda la tierra, colmado de alegría vital. Surgía de las cosas que vivían otra vez y palpitaban, cosas que habían estado como muertas y que no se habían movido durante los largos meses de frío. La savia subía por los vasos y fibras de los pinos. En los sauces y en los álamos estallaban tiernos brotes. Los arbustos y las enredaderas renovaban su capa de verdor. Cantaban los grillos por las noches, y de día mil especies de animales se arrastraban con sigilo buscando el sol. En el bosque alborotaban las perdices y los pájaros carpinteros. Las ardillas chillaban, cantaban los pájaros, y, en el cielo, bandadas de patos salvajes que venían del sur graznaban formados en V para mejor hender el aire.

Desde las laderas llegaba el rumor, la música de invisibles fuentes. Todo se deshelaba, se estremecía, se animaba. El Yukón hacía esfuerzos por liberarse del hielo que lo aprisionaba. El río lo derretía por debajo y el sol por arriba. Se formaban bolsas de aire, fisuras que se ampliaban, y los fragmentos de hielo carcomidos acababan por desaparecer en el cauce. Y en medio de los estallidos, las turbulencias y las vibraciones de la vida que despertaba, bajo el sol resplandeciente y con la brisa que susurraba a su alrededor, avanzaban vacilantes los dos hombres, la mujer y los perros, como peregrinando hacia la muerte.

Con los perros cayéndose, Mercedes llorando encaramada al trineo, Hal profiriendo maldiciones inútiles y los ojos de Charles con lágrimas de nostalgia, llegaron vacilantes al campamento de John Thornton, a la entrada de White River. En el momento en que se detuvieron, los perros se desplomaron como si a cada uno le hubiesen asestado un golpe de muerte. Mercedes se secó los ojos y miró a John Thornton. Charles se sentó en un tronco a descansar. Lo hizo muy lenta y concienzudamente debido al fuerte agarrotamiento de su cuerpo. Hal llevó la voz cantante. John Thornton le estaba dando el último repaso a un mango de hacha que había hecho con una rama de abedul. Tallaba y escuchaba, respondía con monosílabos y, cuando se le pedía, daba escuetos consejos. Conocía el paño y daba sus consejos con la certidumbre de que no serían seguidos.

-Allá arriba nos dijeron que la senda por el río se estaba deshelando y que lo mejor que podíamos hacer era quedarnos -dijo Hal en respuesta a la advertencia de Thornton de que no continuaran arriesgándose sobre el hielo quebradizo-. Dijeron que no podríamos llegar a White River, y aquí estamos. Y lo dijo con un despectivo retintín de triunfo.

—Y no faltaban a la verdad —contestó John Thornton—. El fondo está a punto de desmoronarse. Sólo unos necios, con la suerte loca que tienen a veces, podían hacerlo. Le digo la verdad: yo no me jugaría el pellejo sobre ese hielo ni por todo el oro de Alaska.

—Será porque usted no es un necio, supongo. De todas formas, nosotros continuaremos hacia Dawson —dijo, y desenrolló el látigo—. ¡Arriba, Buck! ¡Venga! ¡Arriba! ¡Arre!

Thornton prosiguió con su tarea. Sabía que era inútil interponerse entre un necio y su necedad, y que, por otra parte, dos o tres necios más o menos no cambiaban nada.

Pero los perros no se levantaron. Hacía mucho que habían entrado en una fase en la que sólo lo hacían a fuerza de golpes. El látigo restallaba indiscriminadamente y sin misericordia. John Thornton apretó los labios. El primero en levantarse lentamente fue Sol-leks. Lo siguió Teek. A continuación Joe, con ladridos de dolor. Pike hizo un esfuerzo extremo: dos veces cayó cuando ya estaba medio erguido, y al tercer intento consiguió tenerse en pie. Buck no hizo esfuerzo alguno. Permaneció tranquilamente tendido donde había caído. El látigo se cebó en él una y otra vez, pero él ni gimió ni forcejeó. Varias veces Thornton hizo amago de hablar, pero cambió de idea. Se le humedecieron los ojos y, mientras los latigazos continuaban, él se levantó y se puso a caminar inquieto de un lado a otro.

Era la primera vez que Buck fallaba, lo que era motivo suficiente para enfurecer a Hal, que cambió el látigo por el garrote. Bajo la lluvia de golpes brutales que le caían encima, Buck se negó a moverse. Al igual que sus compañeros, apenas podía levantarse; pero con la diferencia de que él había decidido no hacerlo. Tenía el vago presentimiento de un desastre inminente. Lo había sentido muy intensamente cuando se habían arrimado a la orilla y ya no lo había abandonado. Como si al sentir bajo las patas la capa fina y quebradiza de hielo se le hubiera manifestado el presentimiento de que un desastre les esperaba en el lugar adonde su amo pretendía llevarlo. Se negó a moverse. Tanto había sufrido y tan extenuado estaba que los golpes no le dolían. Y según continuaban cayéndole, la chispa de la vida en su interior oscilaba y se atenuaba. Estaba a punto de apagarse. El se sentía extrañamente embotado. Era consciente, pero como desde muy lejos, de estar recibiendo golpes. Las últimas sensaciones de dolor se extinguieron. Ya no sentía nada, aunque alcanzaba a oír, muy débilmente, el impacto del garrote contra su cuerpo. Pero ese cuerpo le parecía tan distante que ya no era el suyo.

Y entonces, de pronto, sin advertencia previa y emitiendo un grito inarticulado como el de las fieras, John Thornton se abalanzó sobre el hombre que empuñaba el garrote. Hal se tambaleó y retrocedió como si le hubiera sorprendido un árbol en su caída. Mercedes se puso a chillar. Charles levantó la vista vagamente confundido, se secó los ojos lacrimosos, pero el entumecimiento no le dejó levantarse.

John Thornton, luchando por mantener el control de sí mismo porque estaba poseído por una rabia convulsiva que le impedía hablar, se plantó delante de Buck.

—Si vuelves a golpear a este perro, te mato —logró finalmente decir, en tono ahogado.

—El perro es mío —replicó Hal, limpiándose la boca sucia de sangre mientras recuperaba el aliento—. Quítese de ahí o se arrepentirá. Pienso ir a Dawson como sea.

Thornton estaba entre él y Buck y no mostraba la menor intención de quitarse de en medio. Hal sacó el largo cuchillo de caza. Mercedes chillaba, gritaba, reía, abandonada a su histeria. Con el mango del hacha, Thornton golpeó los nudillos de Hal, y el cuchillo que había soltado cayó al suelo. Y cuando intentó recogerlo, volvió a golpearlos. Luego se agachó, lo cogió él y, de un par de tajos, cortó las riendas de Buck.

A Hal no le quedaban arrestos para pelear. Además, tenía que dedicar las manos, o más bien los brazos, a su hermana; por otra parte, Buck es taba demasiado cerca de la muerte y ya no sería útil para tirar del trineo. Minutos después se apartaban de la orilla y marchaban río abajo. Buck oyó que se iban y alzó la cabeza para mirar. Pike iba al frente, Sol-leks, de zaguero, y entre ambos, Joe y Teek. Renqueaban y se tambaleaban. Mercedes iba sentada sobre la

carga del trineo. Hal llevaba la vara y Charles los seguía dando tumbos.

Mientras Buck los observaba, Thornton se arrodilló junto a él y, con sus toscas y bondadosas manos, lo palpó buscando huesos rotos. Cuando acabó con el examen sin haber encontrado más que muchas contusiones y un tremendo estado de inanición, el trineo se hallaba a unos quinientos metros de distancia. Hombre y perro observaban su lentísimo avance sobre el hielo. De pronto vieron que la parte trasera se hundía, formando un surco, y que la vara, con Hal prendido de ella, daba vueltas en el aire. Hasta sus oídos llegó el grito de Mercedes. Vieron a Charles girar y dar un paso atrás para escapar, y entonces todo un bloque de hielo cedió, y perros y hombres desaparecieron. Lo único que quedó a la vista fue un inmenso agujero. La senda de hielo por el río se había deshelado.

John Thornton y Buck se miraron.

–Pobre animal –dijo John Thornton, y Buck le lamió la mano.

CAPÍTULO 6

Por el amor de un hombre

Cuando en el pasado mes de diciembre a John Thornton se le congelaron los pies, sus socios lo dejaron bien instalado para que se recuperase y se fueron río arriba en busca de una balsa de troncos a Dawson. Todavía cojeaba un poco cuando rescató a Buck, pero con la llegada del buen tiempo se recuperó por completo. Y fue allí donde Buck, tumbado a la orilla del río durante los largos días de primavera, contemplando el discurrir del agua, escuchando perezosamente los trinos de los pájaros y el murmullo de la naturaleza, fue recobrando gradualmente las energías.

Un descanso viene muy bien después de haber viajado cinco mil quinientos kilómetros, y hay que admitir que Buck se volvió holgazán mientras las heridas cicatrizaban, recobraba la musculatura y la carne volvía a cubrirle los huesos. La verdad es que todos (Buck, John Thornton, Skeet y Nig) se dieron la gran vida mientras aguardaban el retorno de la balsa que debía llevarlos a Dawson. Skeet era una perrita setter que de entrada quiso hacer migas con Buck y, a cuyos avances, Buck, casi moribundo entonces, no estuvo en condiciones de oponerse. Tenía ese rasgo protector en exceso que distingue a algunos perros; y del mismo modo que una gata limpia a sus gatitos, lamía y limpiaba las heridas de Buck. Todas las mañanas, en cuanto Buck terminaba el desayuno, se entregaba a su tarea, y Buck acabó por esperar sus atenciones tanto como las de Thornton. Nig, igualmente afable, aunque lo demostraba menos, era un enorme perro negro, mitad sabueso, mitad lebrel, con ojos que reían y un inagotable buen talante.

Para sorpresa de Buck, ninguno de los dos perros tuvo celos de él. Parecían compartir la bondad y generosidad de John Thornton. A medida que Buck iba recobrando las fuerzas, le proponían toda clase de juegos absurdos, en los que el propio John Thornton tomaba parte; y así, retozando alegremente, pasó Buck su convalecencia y entró en una nueva vida. El amor, un genuino amor apasionado, lo invadió por vez primera. No lo había sentido nunca en la casa del juez Miller, allá en el soleado valle de Santa Clara. Cazaba y paseaba con los hijos del juez y mantenía con ellos una relación funcional; con los nietos, una especie de pretenciosa tutela, y con el propio juez, una digna y respetable amistad. Pero el amor hecho de fiebre y fuego, que es adoración y locura, sólo lo había sentido cuando apareció John Thornton.

Era el hombre que le había salvado la vida, lo que no era poco, pero además, era el amo ideal. Otros hombres se ocupaban de sus perros por sentido del deber y por conveniencia; pero éste lo hacía como si fueran sus propios hijos, porque le salía del alma. Y más aún. Nunca dejaba de saludarlos con dulzura o de dirigirles una palabra de aliento, y cuando se sentaba a hablar con ellos (a «charlar», como él decía) era tan gratificante para él como para sus animales. Solía agarrar con fuerza la cabeza de Buck entre las manos y apoyar en ella la suya, y lo zarandeaba en el suelo mientras le decía improperios que a Buck le sonaban como palabras de amor. Para Buck nada era comparable con aquel rudo abrazo y con la música de aquel murmullo de groserías, y era tal el éxtasis que alcanzaba con esos movimientos a un lado y al otro que el corazón parecía que iba a salírsele del cuerpo. Y cuando, una vez suelto, se ponía en pie de un salto, con el hocico sonriente, la mirada expresiva y el cuello palpitante de sonidos no articulados y se quedaba inmóvil en aquella postura, John Thornton exclamaba con admiración:

–¡Válgame Dios!: ¡si casi estás hablando!

Uno de los procedimientos que tenía Buck para expresar el amor parecía una agresión. Cogía la mano de Thornton con la boca y apretaba tan fuertemente que la marca de sus dientes en la carne duraba un buen rato. Y del mismo modo que para Buck las obscenidades eran palabras de amor, el hombre comprendía que aquel mordisco era una caricia.

Pero, en general, el amor de Buck se expresaba en idolatría. Aunque se volvía loco de contento cuando Thornton lo tocaba o le hablaba, nunca mendigaba cariño. A diferencia de Skeet, que acostumbraba a meter el hocico bajo la mano de Thornton y moverlo con insistencia hasta recibir la caricia, o de Nig, que se acercaba en silencio y ponía la gran cabeza sobre sus rodillas, Buck se conformaba con adorarlo a distancia. Pasaba horas tumbado, alerta, atento, a los pies de Thornton, mirándole el rostro, concentrado en él, estudiándolo, fijándose con profundo interés en cada gesto, en cada movimiento o cambio de expresión. O a veces, tumbado más lejos, a un lado o detrás de Thornton, observaba su silueta y los movimientos de su cuerpo. Y con frecuencia, tal era la comunión en la que vivían, la intensidad de su mirada hacía que John Thornton volviera la cabeza y se la devolviera sin palabras, con un brillo de amor en los ojos que encendía el corazón de Buck.

Al principio y durante mucho tiempo no le gustaba perder a Thornton de vista. Desde el momento en que salía de la tienda y hasta que volvía a entrar en ella, Buck lo seguía pisándole los talones. Los cambios de amo que había vivido desde su llegada a las tierras del norte le habían infundido el temor de que ninguno sería para siempre. Tenía miedo de que Thornton fuera a desaparecer de su vida igual que habían desaparecido Perrault, François y el mestizo escocés. Hasta de noche, en sueños, lo acosaba ese temor. Entonces se sacudía el sueño y se acercaba sigilosamente bajo el intenso frío a la entrada de la tienda, donde se detenía a escuchar la respiración de su amo.

Pero a pesar del gran amor que sentía por John Thornton, un amor que parecía revelar la leve influencia civilizadora, el empuje de lo primitivo que el norte había despertado en él, permanecía vivo y activo. Tenía la fidelidad y la devoción nacidas al amparo del fuego y del techo, pero había conservado la ferocidad y la astucia. Buck era esencialmente un animal salvaje que dejaba de lado su naturaleza para echarse junto al fuego de John Thornton, y no un perro de las templadas tierras del sur, marcado por generaciones de civilización. Debido a su grandísimo amor por aquel hombre, era incapaz de robarle, aunque no vacilaba un instante si se trataba de otro hombre, y de otro campamento. Y lo hacía con tanta astucia que jamás era descubierto.

Llevaba en la cara y en el cuerpo las marcas de dentelladas de muchos perros, y peleaba con la fiereza de siempre y con una mayor sagacidad. Skeet y Nig eran demasiado tranquilos para buscar camorra y, además, pertenecían a John Thornton; pero cualquier perro forastero, fueran cuales fuesen su raza y su valor, reconocía al instante la autoridad de Buck o de lo contrario se encontraba luchando por su vida contra un terrible antagonista. Buck era despiadado. Había aprendido bien la ley del garrote y el colmillo y jamás renunciaba a una ventaja ni se echaba atrás ante un enemigo al que hubiera puesto en camino hacia la muerte. Con Spitz y con los más fieros perros de la policía y del correo había aprendido que no hay término medio: –vencer o ser vencido. La compasión era una debilidad. La compasión no existía en la vida primitiva. Se la confundía con el miedo, y estas confusiones conducían a la muerte. Matar o morir, comer o ser devorado, ésa era la ley; y era un mandato que surgía de las profundidades del tiempo y al que él obedecía.

Buck era más viejo que los días que había vivido y las veces que había respirado. Era un eslabón entre el presente y el pasado, y la eternidad que lo precedía palpitaba en él con ritmo poderoso, como el de las mareas y las estaciones. Echado junto al fuego de John Thornton, era un perro de amplio pecho, blancos colmillos y largo pelaje; pero detrás de él habitaban los espíritus de toda clase de perros, medio lobos y lobos salvajes, dominadores y provocadores, que probaban el sabor de la carne que él comía, del agua que él bebía, que husmeaban con él el viento, que escuchaban con él y descubrían los sonidos de la vida salvaje en el bosque, que inspiraban su estado de ánimo, determinaban sus actos, se tumbaban a dormir con él cuando él lo hacía y soñaban con él y más allá de él, convirtiéndose en materia de sus sueños.

Tan perentoria era la llamada de aquellas almas que día a día el ser humano y sus reclamos se volvían más distantes. Una llamada resonaba en lo profundo del bosque y, cada vez que la oía, misteriosa, emotiva y atrayente, se sentía empujado a volver la espalda al fuego y a la tierra hollada a su alrededor para sumergirse en la espesura y seguir adelante, sin saber hacia dónde ni por qué, ni preguntárselo siquiera, tan imperativa era la llamada de las profundidades del bosque. Pero en cuanto llegaba a la suave tierra virgen y a la sombra de los árboles, el amor por John Thornton lo atraía de nuevo hacia el fuego.

Sólo Thornton lo retenía. El resto de la humanidad no existía. Si algún viajero de paso lo elogiaba o le hacía caricias, él lo recibía con frialdad, y si otro le mostraba demasiado interés, se levantaba y se iba. Cuando los socios de Thornton, Hans y Pete, llegaron por fin en la tan esperada balsa, Buck rehusó prestarles atención hasta que se dio cuenta de la estrecha relación que tenían con su amo; a partir de entonces los toleró de una forma, digamos, pasiva, aceptando sus atenciones como si les hiciera un favor. Eran tan corpulentos como Thornton, vivían con los pies en la tierra, eran sencillos de pensamiento y discernían con claridad. No habían acabado de maniobrar aún para amarrar la balsa al embarcadero de Dawson, que ya conocían el modo de ser de Buck y no aspiraban a tener con él la relación de intimidad que sí tenían con Skeet y con Nig.

En cambio, el amor de Buck por Thornton aumentaba cada día. En los viajes de verano, era el único hombre al que le dejaba cargar un fardo sobre su lomo. Nada era demasiado para Buck si Thornton se lo ordenaba. Un día (se habían abastecido con la recaudación de la balsa y habían salido de Dawson en dirección al nacimiento del Tanana), hombres y perros se encontraban en lo alto de un despeñadero que caía en vertical sobre un lecho de rocas desnudas situado a casi cien metros más abajo. John Thornton se había sentado cerca del borde con Buck junto a él. Un capricho insensato se apoderó del hombre, que reclamó la atención de Hans y de Pete para que vieran lo que se le había ocurrido.

—¡Salta, Buck! —ordenó, señalando la sima con un brazo. Un instante después estaba forcejeando con el animal al filo del abismo, mientras Hans y Pete tiraban de ambos para ponerlos a salvo.

—Asombroso —dijo Pete, cuando todo hubo terminado y hubieron recobrado el habla. Thornton meneó la cabeza.

—No, es fenomenal y terrible a la vez. ¿Sabéis?, la verdad es que a veces me asusta.

—No quisiera estar en la piel del tipo que te pusiera una mano encima estando él presente —manifestó Pete, señalando a Buck con la cabeza.

—¡Caray! —fue la contribución de Hans—. Ni a mí tampoco. .

Fue en Circle City, antes de que acabara el año, donde los hechos dieron razón a los temores de Pete el Negro Burton, un individuo malhumora do y pendenciero, había iniciado una riña con un forastero en un bar, cuando Thornton se interpuso entre ambos. Buck, según su costumbre, estaba echado en un rincón, con la cabeza sobre las patas, atento a cada movimiento de su amo. Burton, sin avisar, le soltó un puñetazo directo. Thornton salió despedido girando sobre sí mismo y sólo se salvó de la caída porque se agarró a la barra del bar. Los que miraban la escena oyeron algo que no fue ladrido ni un gruñido, sino más bien un rugido, y vieron que, desde el suelo, el cuerpo de Buck saltaba por los aires hacia la garganta de Burton. El hombre salvó la vida alzando instintivamente el brazo, pero cayó de espaldas con Buck encima. El perro aflojó la dentellada del brazo para buscar nuevamente la garganta. Esta vez el hombre sólo consiguió bloquear parcialmente el ataque y sufrió un desgarro en el cuello. Entonces la concurrencia se abalanzó sobre Buck, apartándolo; pero mientras un médico controlaba la hemorragia, él permaneció al acecho, gruñendo con furia, intentando atacar y forzado a retroceder ante el despliegue de garrotes. Enseguida se reunió una «asamblea de mineros», que decidió que el perro había sido provocado y lo exculpó. Pero su reputación estaba servida, y desde aquel día su nombre corrió de boca en boca por todos los campamentos de Alaska.

Más tarde, en otoño de aquel año, salvó la vida de John Thornton de una forma completamente distinta. Los tres socios estaban conduciendo una larga y angosta canoa por un difícil tramo de rápidos del Forty Mile. Hans y Pete se desplazaban por la orilla manteniéndola controlada con una cuerda de cáñamo que amarraban a un árbol y después a otro, mientras Thornton, que estaba en la embarcación, dirigía el descenso con la ayuda de una pértiga y gritando instrucciones a los socios. Buck, desde la orilla, ansioso y preocupado, se mantenía a la misma altura que la canoa sin perder de vista a su amo.

En un punto especialmente peligroso, donde había una roca que asomaba por la superficie del agua, Hans liberó la cuerda y, mientras Thornton empujaba con la pértiga la embarcación hacia el centro de la corriente, él corría por la orilla con el extremo del cabo en la mano dispuesto a frenar la canoa una vez que hubiera dejado atrás la roca. Pero, tras superar el escollo, la canoa se deslizó aguas abajo llevada por una corriente tan rápida como la presa de un molino, y entonces Hans la frenó con la cuerda, pero fue demasiado brusco. La embarcación se tambaleó y volcó sobre la orilla, mientras Thornton, despedido por el impulso, era arrastrado por la corriente hacia la parte más peligrosa de los rápidos, un tramo de aguas turbulentas en la que ningún nadador podría sobrevivir.

Buck había saltado al agua al instante; y tras cubrir unos doscientos cincuenta kilómetros, dio alcance a Thornton envuelto en un furioso torbellino. Cuando sintió que el hombre se agarraba de su cola, Buck se dirigió a nado a la orilla, desplegando su formidable energía. Pero el avance hacia la margen era lento, y la corriente, increíblemente rápida. Desde un poco más lejos llegaba el ominoso estruendo del lugar donde la corriente cobraba más ímpetu y saltaba convertida en remolinos y espuma por las rocas que la hendían como los dientes de un inmenso peine. La fuerza de arrastre del agua en el último tramo donde comenzaba a precipitarse era tremenda, y Thornton sabía que arrimarse a la orilla era imposible. Rozó una roca manoteando con furia, se magulló al pasar sobre otra y se dio violentamente contra una tercera. Se aferró con ambas manos a la superficie resbaladiza y, soltando a Buck, le gritó, por encima del estruendo de la agitada corriente:

—¡Vete a la orilla, Buck! ¡Vete!...

A Buck le fue imposible detenerse, barrido río abajo por la corriente, y luchó con todas sus fuerzas sin conseguir volver. Al oír la reiterada orden de Thornton se irguió parcialmente fuera del agua, alzando cuanto pudo la cabeza como para lanzar una última mirada, tras lo cual giró obedientemente hacia la orilla. Nadó con potencia y fue arrastrado fuera por Hans y Pete precisamente en el punto donde ya no se podía nadar y el final era ineluctable.

Sabiendo que el tiempo que un hombre era capaz de aguantar aferrado a una roca resbaladiza en medio de una corriente impetuosa como aquélla era cuestión de minutos, los dos hombres fueron corriendo por la orilla hasta un lugar situado bastante más arriba de donde estaba Thornton. Ataron la cuerda con la que habían estado controlando la canoa al cuello y los hombros de Buck, con cuidado de no estrangularlo ni impedirle nadar, y lo arrimaron al agua. El se lanzó con audacia a la corriente, pero no en línea suficientemente recta. Descubrió el error demasiado tarde, cuando estuvo a la altura de Thornton y a apenas media docena de brazadas de distancia, y fue irremisiblemente arrastrado por la corriente.

Hans se apresuró a sujetarlo con la cuerda, como si Buck fuera una embarcación. Con la cuerda así tensada y el ímpetu de la corriente, el tirón hundió a Buck bajo la superficie y bajo la superficie permaneció hasta que su cuerpo golpeó contra la orilla y lo sacaron del agua. Estaba medio ahogado, y Hans y Pete se arrojaron sobre él, haciéndole tragar aire y vomitar el agua. Se puso de pie tambaleándose y se fue al suelo. Hasta ellos llegó la débil voz de Thornton y, aunque no entendieron las palabras, se dieron cuenta de que ya no podía resistir más. Pero la voz de su amo actuó sobre Buck como una descarga eléctrica. Se levantó de un salto y salió corriendo por la orilla delante de los dos hombres, que se dirigían al punto donde antes se había lanzado. Le ataron otra vez la cuerda y de nuevo lo metieron en el agua; él salió nadando, pero esta vez directamente hacia el centro de la corriente. Había calculado mal en la ocasión anterior, pero no lo haría mal una segunda vez. Hans fue soltando cuerda despacio sin permitir que se aflojara, mientras Pete se ocupaba de que no se enredase. Buck esperó a estar alineado con la posición de Thornton; entonces giró y empezó a desplazarse hacia él a la velocidad de un tren expreso. Thornton lo vio venir y, en el momento en que Buck se precipitaba sobre él como un ariete empujado por la fuerza de la corriente, se irguió y se abrazó con ambos brazos al lanudo cuello del perro. Hans amarró la cuerda al tronco de un árbol y, con el tirón, Buck y Thornton se hundieron bajo el agua. Sofocados y jadeantes, a veces uno encima y a veces el otro, arrastrándose sobre el fondo desigual, chocando con pedruscos y ramas, viraron hacia la orilla.

Thornton volvió en sí boca abajo, mientras Hans y Pete lo hacían rodar enérgicamente hacia adelante y hacia atrás sobre un tronco traído por la corriente. Su primera mirada fue para Buck, sobre cuyo cuerpo laxo y aparentemente sin vida aullaba Nig, mientras Skeet le lamía la cara mojada y los ojos cerrados. Aunque magullado y maltrecho, examinó con cuidado el cuerpo de Buck una vez que este recobró el sentido y le encontró tres costillas rotas.

-Está decidido -anunció-. Acamparemos aquí mismo. Y así lo hicieron, hasta que las costillas de Buck acabaron de soldarse y estuvo en condiciones de viajar.

Aquel invierno en Dawson, Buck llevó a cabo otra hazaña, no tan heroica quizá, pero que hizo ascender muchas muescas su nombre en el tótem de la fama, en Alaska. Fue una proeza especialmente satisfactoria para los tres hombres, que carecían de equipo y les permitió realizar el viaje al este virgen, donde aún no habían aparecido los mineros. Surgió de una conversación en la barra del Eldorado Saloon, donde los hombres alardeaban de las cualidades de sus perros. Por sus antecedentes, Buck era el objetivo de aquellos hombres, y Thornton tuvo que defenderlo. Había transcurrido media hora cuando un hombre afirmó que su perro era capaz de arrancar un trineo con doscientos kilos y seguir tirando de él; otro se jactó de que el suyo lo arrancaba con doscientos cincuenta; y un tercero con trescientos kilos.

—¡Bah ! –dijo John Thornton–. Buck puede hacerlo con quinientos.

—¿Y arrancarlo del hielo y andar con él cien metros? –preguntó Matthewson, un minero enriquecido, el que se había jactado de los trescientos kilos.

—Desprenderlo y arrastrarlo cien metros –dijo fríamente Thornton.

—Bien –dijo Matthewson, lenta y deliberadamente para que todos pudieran oírlo–. Yo apuesto mil dólares a que no. Y aquí están. –Y diciendo esto, arrojó sobre el mostrador un saquito de oro en polvo del tamaño de una salchicha.

Nadie habló. El farol, si es que lo era, había tenido respuesta. Thornton sintió que una tibia oleada de sangre le asomaba al rostro. La lengua le había jugado una mala pasada. Él no sabía si Buck era capaz de arrancar quinientos kilos de peso. ¡Media tonelada! Aquella enormidad lo consternó. Tenía una gran fe en la fuerza de Buck y muchas veces había pensado que sería capaz de arrancar el trineo con una carga así, pero nunca, como en aquel momento, se había enfrentado a la posibilidad real, con los ojos de una docena de hombres fijos en él, en silenciosa espera. Además, no tenía los mil dólares, ni los tenían Hans y Pete.

—Tengo ahí fuera un trineo cargado con veinte sacos de veinticinco kilos de harina cada uno –prosiguió Matthewson, apremiante–; así que no hay ningún problema.

Thornton no replicó. No sabía qué decir. Paseó la mirada de un rostro a otro, con la expresión ausente de quien ha perdido la capacidad de pensar y busca en alguna parte el elemento que vuelva a ponerla en marcha. El rostro de Jim OTrien, un rico minero y antiguo camarada, atrajo su mirada. Fue como una señal que lo impulsó a hacer algo que jamás habría imaginado que podría hacer.

—¿Puedes dejarme mil dólares? –preguntó, casi en un susurro.

—Claro –contestó O'Brien, y puso un voluminoso saquito al lado del de Matthewson–. Aunque tengo escasa fe, John, en que el animal lo consiga.

El Eldorado arrojó a sus parroquianos a la calle para presenciar la prueba. Las mesas quedaron desiertas, y los traficantes y los cazadores se acer caron a ver el resultado de la apuesta y a hacer las suyas. Varios centenares de hombres, con abrigo y guantes de piel, rodearon el trineo a prudente distancia. El trineo de Matthewson, cargado con quinientos kilos de harina, llevaba un par de horas detenido, y bajo el intenso frío (más de quince grados bajo cero), los patines congelados se habían incrustado en la nieve compacta. Hubo apuestas de dos contra uno a que Buck no lograría moverlo. Se inició una discusión acerca del término «arrancar». OTrien sostuvo que Thornton tenía derecho a liberar los patines para que Buck «arrancara» el trineo. Matthewson insistió en que «arrancar» incluía liberar los patines de las heladas garras de la nieve. La mayoría de los que habían sido testigos de la apuesta inicial se pusieron a favor de Matthewson, con lo cual las apuestas subieron en contra de Buck a razón de tres a uno.

No hubo quien se arriesgase. Nadie lo creía capaz de tal hazaña. Thornton se había visto apremiado, con grandes dudas, a aceptar el desafío; y ahora, frente a la realidad material del trineo, con el equipo habitual de diez perros acurrucados en la nieve, la tarea le parecía más imposible aún. Matthewson estaba exultante.

–¡Tres a uno! –proclamó–. Apuesto otros mil, Thornton. ¿Qué me dice?

Thornton tenía la duda pintada claramente en el semblante, pero aquello despertó su espíritu de lucha, el que hace crecer al hombre ante las difi cultades, le impide aceptar lo imposible y lo hace sordo a todo lo que no sea el clamor de la batalla. Llamó a Hans y a Peter. Los recursos de ambos eran exiguos y, sumándolos a los suyos, los tres socios apenas pudieron reunir doscientos dólares. Aunque aquella cantidad constituía el total de su capital, no vacilaron en depositarla junto a los seiscientos dólares de Matthewson.

Desengancharon a los diez perros del tiro y sujetaron a Buck al trineo con su propio arnés. El se había contagiado de la excitación reinante y sentía que, de alguna forma, debía realizar algo grande por

John Thornton. Su espléndida apariencia suscitó murmullos de admiración. Se hallaba en perfecto estado, sin un gramo de grasa, y los sesenta kilos que pesaba eran otros tantos de coraje y fortaleza. El pelaje le brillaba con el fulgor de la seda. Sobre el cuello y los hombros, su melena se erizaba, aun si permanecía quieto, y estaba a punto de levantarse con cada movimiento, como si un exceso de vigor dotase de vida y actividad cada uno de sus pelos. El amplio pecho y las poderosas patas delanteras estaban en perfecta proporción con el resto del cuerpo, cuyos músculos resaltaban como firmes pliegues bajo la piel. Cuando unos hombres palparon aquellos músculos y proclamaron su férrea dureza, las apuestas bajaron a dos a uno.

—¡Aquí, señor! ¡Escuche! —tartajeó uno de los más recientes magnates mineros—. Le doy ochocientos por él, señor, antes de la prueba, señor. Ochocientos, tal cual.

Thornton hizo un gesto de negación con la cabeza y se colocó al lado de Buck.

—Tiene que alejarse del perro —protestó Matthewson—. Que actúe por sí mismo y con espacio suficiente.

La multitud guardaba silencio; sólo se oían las voces de los que en vano ofrecían apuestas de dos a uno. Todo el mundo reconocía que Buck era un animal magnífico, pero a juicio de todos veinte sacos de veinticinco kilos de harina abultaban demasiado para que se animasen a jugarse el dinero.

Thornton se arrodilló al lado de Buck. Le cogió la cabeza con ambas manos y arrimó su mejilla a la del animal. No se la sacudió juguetonamente, como solía, ni murmuró en su oreja palabrotas de afecto, sino que susurró:

—Muéstrales cuánto que me quieres, Buck. Muéstraselo —fueron sus palabras. Buck gemía de impaciencia.

Los congregados observaban con curiosidad. El asunto tomaba un aire de misterio. Parecía un conjuro. Cuando Thornton se puso de pie, Buck le cogió la mano enguantada con la boca, se la apretó con los dientes y se la soltó lentamente, como sin ganas. Fue su respuesta, no a las palabras, sino al afecto del amo. Thornton dio unos pasos atrás.

–¡Ahora, Buck! –dijo.

Buck tensó las riendas y a continuación las soltó unos centímetros. Era así como había aprendido a hacerlo.

–¡Derecha! –resonó cortante la voz de Thornton en medio del silencio.

Buck se inclinó a la derecha, hizo un rápido y violento movimiento hacia adelante que tensó de nuevo las riendas, y súbitamente detuvo el impulso de sus setenta kilos. La carga se estremeció y, de debajo de los patines, surgió un seco crujido.

–¡A la izquierda! –ordenó Thornton.

Buck repitió la maniobra, esta vez hacia la izquierda. El crujido se convirtió en chasquido, el trineo osciló y los patines se movieron deslizándose unos centímetros hacia un lado. El trineo se había despegado. Los hombres contenían el aliento, inconscientemente.

–Y ahora, ¡arre!

La orden de Thornton sonó como un disparo. Buck se echó hacia adelante tensando las riendas con su poderoso impulso. Todo su cuerpo se con trajo en un tremendo esfuerzo, con los protuberantes nudos de los músculos visibles bajo la piel sedosa. Con todo el pecho rozando el suelo, la cabeza baja y hacia adelante, movía frenéticamente las patas, cuyas pezuñas iban dejando trazos paralelos sobre la nieve apelmazada. El trineo se balanceó, tembló y se deslizó ligeramente. Una pata de Buck resbaló y alguien soltó un gemido. Seguidamente el trineo avanzó como en una rápida sucesión de espasmos, aunque en realidad en ningún momento volvió a parar del todo... diez milímetros... veinte... cuarenta... Los tirones disminuyeron a ojos vista convirtiéndose, a medida que el trineo ganaba velocidad, en un movimiento uniforme.

Los espectadores recobraron el aliento y volvieron a respirar con normalidad sin percatarse de que por un momento habían dejado de hacerlo. Thornton iba corriendo detrás, animando a Buck con palabras de aliento. Se había medido la distancia y, según se aproximaban a la pila de leña que marcaba el fin del recorrido de cien metros, empezó a surgir un creciente murmullo que explotó en un rugido cuando Buck alcanzó la meta y se detuvo a la voz de alto. Todo el mundo, incluido Matthewson, estaba entusiasmado. Volaban por el aire guantes y sombreros. Los presentes se daban la mano, sin importarles con quién, y hablaban a gritos como en una incoherente babel.

Thornton, por su parte, se dejó caer de rodillas junto a Buck. Con las cabezas juntas, el amo mecía la del perro a un lado y a otro. Quienes se acercaron a ellos le oyeron decir reiteradamente palabrotas a Buck, en un tono que era a la vez ferviente, dulce y amoroso.

—¡Aquí, señor! ¡Escuche! —farfulló el magnate minero de antes—. Le doy mil por él, señor, mil dólares, señor... mil doscientos, señor.

Thornton se puso de pie. Tenía los ojos mojados. Por sus mejillas corrían sin disimulo las lágrimas.

—Señor —le dijo al magnate—, no, señor. Puede irse al demonio, señor. Es lo menos que puedo decirle, señor.

Buck cogió entre los dientes una mano de Thornton que no dejaba de mecerlo. Como animados por un mismo impulso, los espectadores retrocedieron hasta una respetuosa distancia; ninguno quería ser tan indiscreto como para interrumpirlos.

CAPÍTULO 7

El eco de la llamada

Al haber ganado en cinco minutos mil seiscientos dólares para John Thornton, Buck hizo posible que su amo pagase deudas y emprendiese con sus socios el viaje hacia el este en busca de una fabulosa mina perdida cuya historia era tan antigua como la de la propia región. Eran muchos los que la habían buscado, pocos los que la habían encontrado y unos cuantos los que nunca habían vuelto. Aquella mina perdida estaba impregnada de tragedia y envuelta en un velo de misterio. Nadie sabía quién la había descubierto. Los más antiguos relatos no daban cuenta de ese momento. Desde el principio había habido allí una vieja cabaña destartalada. Individuos moribundos habían jurado solemnemente que la cabaña existía, lo mismo que la mina cuya ubicación señalaban, y habían confirmado su testimonio con pepitas de oro de una pureza desconocida en la región septentrional.

Pero ningún ser viviente había saqueado la sede del tesoro, y los muertos, muertos estaban; por esta razón, John Thornton, Pete y Hans, con Buck y otra media docena de perros, pusieron rumbo al este por un camino desconocido, con el objetivo de alcanzar el éxito donde otros hombres y perros, tan buenos como ellos, habían fracasado. Recorrieron en el trineo unos ciento treinta kilómetros por el territorio del Yukón, giraron a la izquierda para continuar por el río Stewart, dejaron atrás el Mayo y el McQuestion, y siguieron adelante hasta que el Stewart se convirtió en un riachuelo que se abría paso entre los erguidos picos que marcaban el espinazo del continente.

John Thornton le exigía poco al hombre y a la naturaleza. No le tenía miedo a un entorno no civilizado. Con un puñado de sal y un rifle era capaz de internarse en un territorio inexplorado y andar por donde quisiera durante el tiempo que se le antojase. Sin prisa alguna, a la manera india, cazaba lo que comía en el curso de la jornada; y si no lo encontraba continuaba andando, como el indio, con la convicción de que tarde o temprano daría con ello. Así pues, en aquel largo viaje hacia el este, el menú consistía en carne fresca, la carga del trineo estaba formada principalmente por municiones y herramientas, y el viaje se perdía en el panorama de un futuro ilimitado.

Para Buck, lo de cazar, pescar y deambular indefinidamente por lugares desconocidos era una fuente inagotable de placer. Pasaban semanas y semanas andando sin parar y semanas enteras acampados en cualquier sitio, donde los perros holgazaneaban y los hombres perforaban la grava y el barro helados para, al calor del fuego, cribar incontables calderos de lodo y grava. A veces pasaban hambre, otras se hartaban de comer, según fueran las piezas y el acierto en la caza. Llegó el verano, y perros y hombres, con el equipo a cuestas, atravesaron en balsas azulados lagos de montaña, y bajaron o subieron ríos desconocidos en estrechas embarcaciones hechas de troncos cortados en el bosque.

Pasaban los meses y ellos iban y venían por aquella inmensidad inexplorada, donde ahora no había nadie, pero donde alguna vez hubo hombres, si es que lo de la cabaña perdida era cierto. Cruzaron desfiladeros en días de tormentas veraniegas, tiritaron bajo el sol de medianoche en las montañas desnudas que se alzaban entre los bosques y las nieves eternas, se metieron en cálidos valles entre enjambres de moscas y mosquitos y, a la sombra de glaciares, cogieron fresas tan rojas y flores tan hermosas como cualesquiera de las que crecían en las tierras del sur. Con el otoño se internaron en una extraña región lacustre, triste y silenciosa que había estado poblada por aves de caza pero donde por entonces no había seres ni señales de vida, sólo un viento gélido, el hielo que se formaba en rincones escondidos y suaves olas melancólicas en las orillas de las playas solitarias.

Y durante otro invierno deambularon sobre las desaparecidas huellas de unos hombres que los habían precedido. Una vez dieron con una senda marcada en el bosque, un antiguo camino, y creyeron que la cabaña perdida estaba cerca. Pero la senda no empezaba en ninguna parte ni llevaba a ningún lugar, y quedó como un misterio, lo mismo que el hombre que la abrió y la razón que lo llevó a hacerlo. Otra vez encontraron por casualidad los restos de un refugio de caza corrompido por el tiempo y, entre los andrajos de unas mantas podridas, John Thornton descubrió un arcabuz de chispa con cañón largo. Lo reconoció como uno de los que se usaban al principio en el noroeste por la Hudson Bay Company, _cuando un arma como aquella valía el equivalente a su altura en pieles de castor apiladas una sobre otra. Y eso fue todo: ningún otro rastro del hombre que un lejano día levantara el refugio y dejara el arma entre las mantas.

Una vez más llegó la primavera y, al cabo de tantas andanzas, descubrieron, no la cabaña perdida, sino un yacimiento a flor de tierra en un ancho valle, donde el oro quedaba a la vista en el fondo del mismo, en un grumoso depósito amarillento. No siguieron buscando. Cada día de labor les significaba miles de dólares en oro, en polvo limpio y en pepitas, así que trabajaban todos los días. Ensacaban el oro en talegos de piel de alce, veinticinco kilos en cada uno, y los apilaban como si fueran leña junto a la choza de ramas de abeto. Trabajaron duro, y los días se sucedían como sueños mientras iban acumulando su tesoro.

Los perros no tenían nada que hacer, excepto cobrar las piezas que Thornton cazaba de vez en cuando, y Buck pasaba largas horas abstraído junto al fuego. Ahora que permanecía inactivo, la visión del hombre velludo de piernas cortas se le aparecía con mayor frecuencia; y a menudo, parpadeando junto a la hoguera, vagaba con él por aquel otro mundo que evocaba.

Al parecer, el rasgo más común de aquel mundo era el miedo. Observando al hombre dormido junto al fuego, con la cabeza entre las rodillas res guardada por las manos entrelazadas, Buck lo veía agitarse y despertar con frecuencia sobresaltado, lanzar una mirada temerosa a la oscuridad y entonces echar más leña a la hoguera. Si iban por la orilla de un mar, donde el hombre recogía moluscos y se los comía al momento, los dos lo hacían con la mirada alerta ante un peligro oculto, listos para correr como el viento al menor atisbo. Por el bosque avanzaban sin ruido, Buck pegado a los talones del hombre velludo, atentos y vigilantes los dos, tensas las orejas y temblorosas las aletas de la nariz, pues el oído y el olfato del hombre eran tan agudos como los de Buck. El hombre era capaz de trepar a los árboles y desplazarse con la misma rapidez que por el suelo, columpiándose de rama en rama, separadas a veces por más de tres metros, soltándose y volviéndose a agarrar, sin caer nunca ni errar jamás el asidero. En realidad parecía estar tan a sus anchas entre los árboles como en tierra, y a Buck le venían a la memoria noches de vigilia al pie de un árbol, donde, encaramado a una rama, dormía el hombre velludo.

En estrecha relación con las visiones del hombre velludo estaba la llamada que todavía sonaba en las entrañas del bosque. Le producía una gran inquietud y unos extraños deseos. Le hacía experimentar una vaga y dulce alegría y despertaba en él ansias y anhelos salvajes no sabía bien de qué. A veces se internaba en el bosque buscando la llamada como si fuera un objeto tangible, y ladraba apenas o con fuerza, según su humor. Hundía el hocico en el musgo del bosque o en la tierra negra donde crecía alta la hierba, y los densos olores lo hacían resoplar de gozo; o bien se acurrucaba durante horas al acecho, detrás del tronco cubierto de liquen de un árbol caído, con los ojos bien abiertos y las orejas muy erguidas, atento a todo cuanto se movía o sonaba a su alrededor. Puede que en esa actitud esperase descubrir la llamada que no lograba comprender. Aunque no sabía por qué hacía aquellas cosas. Se sentía empujado a hacerlas pero no reflexionaba en absoluto sobre ellas.

Lo acometían impulsos irresistibles. Estaba tumbado en el campamento, dormitando perezosamente al sol, cuando de pronto erguía la cabeza y levantaba las orejas escuchando con atención, y, tras ponerse de pie de un brinco, se alejaba velozmente y corría durante horas por las veredas del bosque y a través de los espacios abiertos llenos de matorrales. Le encantaba correr por los cauces secos y espiar agazapado la vida de las aves en el bosque. Permanecía un día entero tumbado en el monte bajo observando a las perdices que se pavoneaban de un lado a otro agitando las alas. Pero lo que le gustaba especialmente era correr bajo el suave resplandor de las noches de verano, escuchar los atenuados y somnolientos murmullos del bosque, interpretar los indicios del mismo modo que una persona lee un libro, e indagar el origen de aquel soplo misterioso que, dormido o despierto, lo llamaba a todas horas.

Una noche despertó sobresaltado con la mirada ansiosa, las aletas nasales husmeando temblorosas, la pelambre encrespada en olas sucesivas. De la selva llegaba la llamada (o una nota de las muchas melodías de la llamada), clara y definida como nunca: un prolongado aullido, semejante y sin embargo diferente al producido por cualquier perro esquimal. Y Buck reconoció, en su familiar carácter ancestral, un sonido que ya había oído antes. De un salto atravesó el campamento dormido y en silencio se internó en el bosque. Según se fue acercando aflojó el paso prestando atención a cada movimiento, hasta que llegó al borde de un claro entre los árboles y al mirar vio, erguido sobre las ancas, apuntando al cielo con el hocico, a un largo y escuálido lobo gris.

Aunque Buck no había hecho ruido, el lobo interrumpió el aullido para localizar la presencia del intruso. Buck salió al claro con precaución, medio agazapado, con el cuerpo en tensión, el rabo extendido y rígido, pisando con inusitada cautela. Cada uno de sus movimientos era una mezcla de amenaza y de ofrecimiento a la amistad. Era la tregua amenazadora que caracteriza el encuentro entre bestias feroces. Pero el lobo huyó al ver a Buck, que salió precipitadamente tras él, desesperado por alcanzarlo. Lo persiguió a lo largo de un conducto sin salida, el cauce de un riachuelo interrumpido por un amontonamiento de troncos que impedía el paso. El lobo giró sobre sí mismo, apoyándose en las patas traseras como lo había hecho Joe y lo hacían todos los perros esquimales cuando estaban acorralados, gruñendo y erizando el pelaje, entrechocando los dientes en una continua y rápida sucesión de chasquidos.

Buck no atacó, sino que se movió en círculo rodeándolo en actitud amistosa. El lobo se mostraba desconfiado y temeroso; su cabeza apenas si llegaba a la altura del lomo de Buck, que pesaba tres veces más que él. Atento a la primera ocasión, el lobo escapó como una flecha y la persecución se reanudó. Una y otra vez estuvo acorralado y la escena se repitió, pero estaba físicamente en mala forma, pues de no ser así Buck no habría podido darle alcance tan fácilmente. Él corría hasta tener a su flanco la cabeza de Buck y entonces giraba, acosado, para volver a huir a la menor oportunidad.

Pero, al final, la tenacidad de Buck fue recompensada, porque el lobo, al comprender que aquel animal no intentaba hacerle daño, acabó por acercarle el hocico para que se olfateasen el uno al otro. Después se hicieron amigos y estuvieron jugueteando de la forma nerviosa y un poco tímida con que los animales salvajes encubren su ferocidad. Al cabo de un rato, el lobo se puso a andar con paso ligero revelando que se dirigía a alguna parte. Con su actitud dejó claro que Buck había de acompañarlo. Y los dos marcharon de lado en la penumbra por el lecho del riachuelo, rumbo a la garganta donde nacía la corriente, y cruzaron la divisoria de las aguas.

Por la otra ladera descendieron a un llano cubierto de grandes extensiones de bosque y numerosas corrientes de agua, y por ellas marcharon a ritmo constante, hora tras hora, con el sol en ascenso y el día cada vez más caluroso. Buck estaba loco de alegría. Sabía que marchando al lado de su hermano selvático hacia el lugar de donde seguramente venía la llamada, estaba por fin respondiendo. Recuerdos de otro tiempo acudían a él vertiginosamente y ya no lo conmovían sombras sino realidades. Corría con libertad en campo abierto, pisaba la tierra virgen y tenía sobre la cabeza el vasto cielo.

Había hecho aquello antes, en algún lugar de aquel otro mundo vagamente recordado, y lo volvía a hacer ahora.

Se detuvieron a beber en un arroyo y entonces Buck se acordó de John Thornton. Se sentó. El lobo reinicio la marcha hacia el lugar de donde seguramente venía la llamada; luego retornó a donde estaba Buck, se olisquearon mutuamente el morro y el lobo intentó estimularlo. Pero Buck dio media vuelta y partió lentamente por donde había venido. Durante casi una hora, el hermano salvaje marchó a su lado, gañendo levemente. Después se sentó, apuntó al cielo con el hocico y aulló. Fue un aullido lastimero, y Buck, que continuó andando sin parar, lo oyó cada vez más débil hasta que se perdió a lo lejos.

John Thornton estaba cenando cuando Buck irrumpió en el campamento y saltó sobre él en un arrebato de afecto, lo derribó y se le subió encima, lamiéndole la cara y mordisqueándole la mano: «haciendo el payaso», como dijo John Thornton mientras lo zarandeaba profiriendo insultos afectuosos.

Durante dos días con sus noches, Buck no abandonó en ningún instante el campamento ni perdió de vista a John Thornton. Lo seguía de un lado a otro mientras trabajaba, lo observaba a la hora de comer, lo acompañaba al acostarse y al levantarse. Pero al cabo de dos días, la llamada de la selva empezó a sonar más imperiosamente que nunca. La inquietud volvió a apoderarse de él, asaltado por los recuerdos del hermano salvaje, de la prometedora comarca más allá de la divisoria de aguas y de sus recorridos juntos por las vastas extensiones de la selva. Una vez más se dedicó a deambular por el bosque, pero el hermano salvaje no volvía; y a pesar de sus prolongadas vigilias escuchando, el aullido lastimero no se dejaba oír.

Empezó a dormir fuera por las noches y a pasar días enteros lejos del campamento. Una vez cruzó la divisoria en la fuente del riachuelo y se internó en la comarca de los bosques y las corrientes. Estuvo una semana recorriéndola, buscando vanamente algún indicio reciente del hermano salvaje, matando para comer durante la marcha y andando con ese desenvuelto paso largo que según dicen nunca agota. Pescó un salmón en un ancho río que desembocaba en el mar por alguna parte y, en sus orillas, mató a un gran oso negro que, cegado por los mosquitos mientras pescaba, había caminado rugiendo por el bosque, incapacitado y terrible. Aun así, la pelea fue tremenda y puso en acción las dosis de ferocidad latentes en Buck. Y dos días más tarde, cuando volvió al mismo lugar y encontró a una docena de glotones disputándose los despojos de su víctima, los dispersó como si fueran paja; y los fugitivos dejaron atrás a dos de ellos que no volverían a disputar por nada.

La sed de sangre se hizo en él más fuerte que nunca. Era un depredador, un animal de presa, que se alimentaba de seres vivientes; que solo, sin ayuda, gracias a su fuerza y su destreza, sobrevivía triunfante en un entorno hostil en el que únicamente lo hacían los fuertes. Todo aquello insufló en su ser un gran orgullo, que se extendió como por contagio a su figura. Se hacía patente en todos sus movimientos, era visible en el juego de cada uno de sus músculos, se expresaba elocuentemente en su porte y tornaba incluso más soberbio su espléndido pelaje. De no ser por algunos pelos marrones aislados en el hocico y sobre los ojos, y por el plastrón de pelo blanco que le bajaba por el pecho, habrían podido tomarlo por un lobo gigantesco, más grande. que el más grande de su raza. De su padre el san bernardo había heredado el tamaño y el peso, pero había sido su madre, la pastora escocesa, quien había moldeado esos atributos. El hocico era el largo hocico de un lobo, aunque era más grande que el de cualquier lobo; y su cabeza, bastante ancha, era una cabeza de lobo a escala colosal. Su astucia era la del lobo, una astucia salvaje; su inteligencia, la inteligencia del pastor escocés y el san bernardo; y esta conjunción, añadida a la experiencia adquirida en la más feroz de las escuelas, lo convertían en una criatura tan formidable como las que habitaban la selva. Animal carnívoro cuya dieta consistía sólo en carne, se hallaba en la flor de la vida, en el período culminante de su existencia, y destilaba vigor y virilidad. Cuando Thornton le acariciaba el lomo, el paso de la mano era seguido por un crujiente chasquido, al descargar cada pelo, con el contacto, su magnetismo estático. Cada parte de su mente y de su cuerpo, cada fibra de su tejido nervioso funcionaba con exquisita precisión; y entre todas las partes existía un equilibrio y un ajuste perfecto. A las imágenes, sonidos y situaciones que requerían acción respondía él a la velocidad del relámpago. Por más ágilmente que se moviese un perro esquimal para defenderse o atacar, él podía hacerlo dos veces más rápido. Veía el movimiento o percibía el sonido y respondía en menos tiempo del que otro perro empleaba en percatarse de lo visto u oído. Él percibía, decidía y actuaba en el mismo instante. En rigor, las tres instancias eran consecutivas, pero los intervalos de tiempo entre ellas eran tan infinitesimales que las hacían parecer simultáneas. Sus músculos estaban rebosantes de energía y entraban en acción de modo fulminante, como muelles de acero. La vida fluía a través de él en espléndido torrente, gozoso y desenfrenado, y daba la impresión de que de puro éxtasis acabaría desbordándose y desparramándose con generosidad sobre el mundo.

 Jamás ha existido otro perro como él -dijo John Thornton un día,

mientras lo veían salir del campamento a paso acelerado.
 -Una vez hecho él, rompieron el molde -dijo Pete.
 -¡Caray! Eso mismo creo yo -afirmó Hans.
 Lo vieron partir, pero no vieron la súbita y terrible transformación que experimentó en cuanto se adentró en la selva. Abandonó el paso acelerado. Se convirtió de pronto en parte del entorno silvestre,

donde avanzaba con sigilosa cautela, pisando como un gato, sombra fugaz que aparecía y desaparecía entre las demás sombras. Sabía aprovechar cualquier cobertura, arrastrarse sobre la panza como una serpiente y, como ésta, impulsarse y golpear. Era capaz de capturar una perdiz blanca en el propio nido, matar un conejo dormido y apresar con un mordisco en el aire las pequeñas ardillas listadas que, intentando huir, tardaban un segundo de más en saltar a las ramas. En las lagunas abiertas, los peces nunca eran demasiado rápidos para él; ni suficientemente precavidos los castores ocupados en reparar sus diques. Mataba para comer, no porque sí; simplemente prefería comer lo que mataba él mismo. De ahí que un latente humor impregnara sus acciones, y lo divirtiese acechar a una ardilla para, a punto de cazarla, dejarla ir chillando de terror hacia la copa de un árbol.

Al llegar el otoño se presentaban con mayor abundancia los alces, que se desplazaban lentamente para recibir al invierno en los valles bajos, donde era menos riguroso. Buck ya había derribado a algún ejemplar muy joven extraviado de la manada; pero tenía grandes deseos de enfrentarse a una presa mayor y más temible, y un día tropezó con una en la divisoria de aguas junto a las fuentes del riachuelo. Una manada de veinte alces había atravesado la región de los bosques y las múltiples corrientes de agua, y en ella destacaba un gran macho. Estaba en un estado de furia salvaje, y su metro ochenta de altura lo convertían en un enemigo tan formidable como había querido Buck. El macho sacudía sus enormes astas en forma de pala con catorce ramas puntiagudas que abarcaban dos metros de un extremo al otro. Al ver a Buck, sus ojillos se encendieron con un brillo de malignidad y resentimiento, al tiempo que bramaba de furor.

Del costado del animal, justo delante de la ijada, sobresalía el extremo emplumado de una flecha, lo cual explicaba la fiereza de su talante. Guiado por el instinto originario de un remoto pasado de cazador en el mundo primitivo, Buck procedió a apartar al alce macho de la manada. No resultó tarea fácil. Ladraba y se movía fuera del alcance de las grandes astas y de los terribles cascos que habrían podido acabar con su vida de un solo golpe. El hecho de no poder dar la espalda a los colmillos y reanudar su camino provocaba en el alce espasmos de ira. En esos momentos cargaba contra Buck, que astutamente retrocedía, una treta para atraerlo simulando no ser capaz de escapar. Pero cuando de esa forma conseguía apartar al alce de sus compañeros, dos o tres machos más jóvenes atacaban a Buck, permitiendo así que el alce herido se reincorporase a la manada.

Existe en la naturaleza una paciencia (tenaz, incansable, constante como la vida misma), que mantiene inmóvil durante horas a la araña en su tela, a la serpiente enroscada, a la pantera al acecho. Esa paciencia es propia de los seres cuyo sustento lo constituyen otros seres vivos; y Buck demostró tenerla al no despegarse del costado de la manada, retrasando su marcha, irritando a los machos jóvenes, preocupando a las hembras por sus crías y enloqueciendo de impotente furia al alce herido. Esta situación se prolongó media jornada. Buck se multiplicaba, atacando desde todos los flancos, moviéndose alrededor de la manada como un torbellino amenazador, volviendo a aislar a su víctima en cuanto conseguía reincorporarse al rebaño, desgastando la paciencia de las criaturas acosadas, que siempre es menor que la de las que acosan.

A medida que fue avanzando el día y el sol se fue poniendo por el noroeste (había vuelto la oscuridad y las noches de otoño duraban seis horas), los machos jóvenes se sintieron cada vez menos dispuestos a volver sobre sus pasos en ayuda de su acosado jefe. El invierno inminente los empujaba hacia lugares más protegidos, y les parecía que nunca podrían dejar atrás a aquella criatura que los retrasaba. Además, no era la existencia de la manada ni la de los machos jóvenes, la amenazada. Se les reclamaba la vida de un único miembro del rebaño, en la cual tenían un interés mucho más remoto que en la propia, y en definitiva accedieron a pagar aquel peaje.

Cuando el sol se puso, el viejo alce se detuvo con la cabeza abatida observando a sus congéneres (las hembras que había fecundado, las crías que había procreado, los machos a los que había dominado),

que, a paso ligero, continuaron avanzando torpemente en la semioscuridad. No pudo seguirlos, porque ante él se plantó de un salto el despiadado terror con colmillos que no le daba tregua. Pesaba más de media tonelada; había vivido una existencia plena e intensa, abundante en luchas y dificultades, y al final se enfrentaba a la muerte en los dientes de una criatura cuya cabeza no sobrepasaba la altura de sus grandes patas.

A partir de ese momento, día y noche, Buck no abandonó su presa, no le dio un instante de descanso ni le dejó morder las hojas de los árboles o los tiernos brotes de abedules y sauces. Tampoco le dio oportunidad de aplacar la ardiente sed en los exiguos cursos de agua que cruzaban. Muchas veces, desesperado, huía repentinamente a la carrera durante un largo rato. En tales ocasiones, Buck no intentaba detenerlo, sino que lo seguía al trote largo, contento al ver la forma en que se desarrollaba la partida, tumbándose cuando el alce paraba, atacándolo ferozmente cuando trataba de comer o de beber.

La gran cabeza se le abatía cada vez más bajo la arbórea cornamenta, y su trote desgarbado se debilitaba por momentos. Empezó a quedarse de pie in móvil durante largo rato con el hocico pegado al suelo y las orejas caídas. Buck encontraba entonces más tiempo para procurarse agua y para descansar. Fue en un momento como éste cuando, jadeante, con la lengua fuera y la mirada fija en el gran alce, le pareció que un cambio se estaba operando en el mundo. Percibía una excitación inusitada en la tierra. Así como los alces, otras formas de vida llegaban a la zona. La selva, las corrientes y el aire parecían palpitar con su presencia. No se dio cuenta con el olfato ni con la vista o el oído, sino gradualmente por medio de un sentido más sutil. Sin escuchar nada, sin ver nada, supo que por algún motivo la región había cambiado; que unos seres desconocidos se estaban moviendo por ella; y resolvió investigar cuando hubiera terminado con lo que tenía pendiente.

Por fin, al anochecer del cuarto día, logró abatir al gran alce. Un día y una noche enteros permaneció al lado del animal muerto, comiendo y durmiendo. Después, sintiéndose descansado, fresco y fuerte, giró la cabeza en dirección al campamento y a John Thornton. Comenzó a trotar y anduvo por aquel territorio desconocido hora tras hora, sin que lo desorientase la maraña de sendas, siguiendo el rumbo con una certeza que no habría superado el hombre con su aguja magnética.

Según avanzaba iba notando cada vez más las señales de una vida nueva. Señales foráneas de seres distintos de los que la habían habitado a lo largo del verano. Ya no se trataba de un hecho del que se percatase de forma sutil, misteriosa. Lo transmitían los pájaros, las ardillas lo comentaban, hasta la misma brisa lo comunicaba susurrando. Varias veces se detuvo a aspirar grandes bocanadas del aire fresco de la mañana, y en él leyó un mensaje que lo indujo a avanzar a grandes saltos. Lo oprimía el presentimiento de una inminente calamidad, de un desastre ya consumado; y cuando atravesó la última divisoria de aguas e inició el descenso para internarse en el valle en dirección al campamento, empezó a andar con mayores precauciones.

A cinco kilómetros del campamento tropezó con un rastro que le hizo erizar los pelos. El rastro llevaba directamente al campamento y a John Thornton. Buck apretó el paso, moviéndose rápida y sigilosamente, con los nervios crispados y en tensión, atento a los múltiples detalles que le revelaban una historia... aunque no su final. El olfato le explicó la diversidad de elementos relacionados con los seres tras los que corría. Notó el preñado silencio de la selva. Las aves habían huido. Las ardillas estaban escondidas. Sólo vio una, un lustroso ejemplar gris aplastado contra una rama seca como si fuera una protuberancia leñosa de la madera.

Mientras se deslizaba silencioso como una sombra, su hocico giró bruscamente a un lado, como si una fuerza se lo hubiera agarrado y hubiese tirado de él. Siguiendo el inesperado olor hasta el interior de unos matorrales, Buck encontró a Nig. Yacía de costado, muerto en el lugar donde se había arrastrado, con la flecha que lo había atravesado saliendo por el cuerpo.

Cien metros más allá, Buck se encontró con uno de los perros de trineo que Thornton había comprado en Dawson. Se revolcaba en lucha con la muerte, en mitad del camino, y Buck pasó bordeándolo sin detenerse. Del campamento llegaban débilmente numerosas voces, en una cantinela cuyo sonido aumentaba y decrecía de forma monótona. Al aproximarse, pegado al suelo, al borde del claro, encontró a Hans boca abajo, emplumado de flechas como un puerco espín. En el mismo instante miró hacia donde había estado la choza de ramas y lo que vio hizo que se le erizase el pelo del cuello y del lomo. Una ráfaga de rabia insuperable lo recorrió. Sin ser consciente de ello, emitió un terrible bramido de furia. Por última vez en su vida permitió que la pasión usurpara el lugar de la astucia y la razón; y si esa vez perdió la cabeza fue por el gran amor que profesaba a John Thornton.

Los yeehat estaban bailando en torno a los restos de la choza de ramas cuando oyeron el espantoso rugido y vieron venírseles encima a un animal como nunca habían visto otro igual. Era Buck, furioso ciclón viviente, que se lanzaba contra ellos poseído de frenesí destructivo. Saltó sobre el que más destacaba (era el jefe de los yeehat) y le hizo un amplio desgarrón en la garganta, hasta que la yugular destrozada se convirtió en una fuente de sangre. No se entretuvo en acosar a la víctima, sino que prosiguió mordiendo indiscriminadamente, y al siguiente brinco le desgarró la garganta a un segundo hombre. No había forma de detenerlo. Metido entre ellos, mordía, rasgaba, destrozaba, en un aterrador movimiento continuo que desafiaba las flechas que le arrojaban. De hecho, tan increíblemente rápidos eran sus movimientos y tan amontonados estaban los indios, que eran ellos los que se herían con las flechas unos a otros. Y un cazador joven que lanzó un venablo a Buck en pleno salto, se lo clavó a otro cazador con tanta fuerza, que se le quedó clavado en la espalda. Entonces el pánico se apoderó de los yeehat que escaparon despavoridos al bosque proclamando en la huida el advenimiento del Espíritu del Mal.

Y verdaderamente Buck era la encarnación del mal rugiendo tras ellos para seguir matándolos entre los árboles. Fue un día aciago para los yeehat. Se desperdigaron por todo el territorio y hasta una semana más tarde no lograron reunirse los últimos para contar las bajas que habían tenido. Por su parte, Buck, cansado de la persecución, regresó al campamento desolado. Halló a Pete acostado entre las mantas donde le habían sorprendido y dado muerte en el primer momento. La lucha desesperada de Thornton estaba escrita en la tierra, y Buck siguió su rastro paso a paso hasta la orilla de una laguna profunda. Allí, con la cabeza y las patas delanteras en el agua, yacía Skeet, fiel hasta el final. La misma charca, fangosa y amarillenta, ocultaba lo que contenía. Y lo que contenía era John Thornton, ya que el rastro que Buck había seguido se internaba en el agua y no volvía a aparecer.

El día entero estuvo Buck rumiando junto a la charca o recorriendo el campamento sin descanso. Conocía la muerte, el cese del movimiento, la su presión y extinción de la vida de los seres vivientes, y Buck supo que Thornton estaba muerto. Aquello le produjo un gran vacío, una sensación semejante al hambre, aunque era un vacío que dolía y dolía y que la comida no podía paliar. A veces, cuando se detenía a contemplar los cadáveres de los yeehat, olvidaba el dolor, y entonces sentía un gran orgullo, el mayor orgullo que había sentido jamás. Había matado hombres, la presa de mayor rango, y lo había hecho con la ley del garrote y el colmillo. Olfateó con curiosidad los cadáveres. Habían muerto con suma facilidad. Era más difícil matar a un husky que a uno de ellos. Si no tuvieran flechas, venablos y garrotes, los hombres no podrían considerarse rivales. A partir de ahora no los temería, excepto cuando llevaran en las manos sus flechas, sus venablos y sus garrotes.

Se hizo la noche y una luna llena se elevó por encima de los árboles hasta lo alto del cielo, iluminando la tierra, que quedó bañada de una claridad fantasmal. Y, con la llegada de la noche, Buck, pensativo y afligido junto a la laguna, sintió el despertar de una vida nueva en la selva, una vida distinta de la que habían vivido los yeehat. Se puso de pie, escuchando y husmeando. Desde muy lejos le llegó débilmente, empujado por el viento, un penetrante aullido, al que respondió un coro de aullidos semejantes. Poco a poco los aullidos se fueron haciendo más claros y cercanos. De nuevo, Buck supo que los había oído en aquel otro mundo que vivía en su memoria. Se dirigió al centro del claro del bosque y escuchó. Era la llamada, la llamada tantas veces oída, que sonaba más atractiva e imperiosa que nunca. Y más que nunca estuvo dispuesto a obedecer. John Thornton había muerto. El último vínculo se había roto. Ni el hombre ni sus lazos lo retenían ya.

Cazando sus presas en los flancos del grupo migratorio de alces, como lo hacían los yeehat, la manada de lobos finalmente había dejado atrás los bosques y las corrientes para invadir el valle de Buck. Llegaron al claro del bosque como una avalancha de sombras plateadas por la luna; y en el centro del claro estaba Buck, inmóvil como una estatua, esperándolos. Sobrecogidos ante su quietud y su corpulencia, se detuvieron, hasta que el más audaz se abalanzó sobre él. Buck reaccionó como un rayo y le quebró el pescuezo. A continuación se quedó, como antes, inmóvil, con el lobo herido agonizando a sus pies. Otros tres lo intentaron y uno tras otro se retiraron, chorreando sangre por la garganta y con el lomo desgarrado.

Eso bastó para que la manada entera atacase, precipitándose y obstruyéndose el camino en su ansia por derribar a la presa. La rapidez y agilidad pasmosas de Buck le fueron de gran provecho. Girando sobre las patas traseras, dando mordiscos y dentelladas, estaba en todas partes al mismo tiempo, presentando un frente inquebrantable por la rapidez con que giraba y se cubría los flancos. Pero, para evitar que se colocasen detrás, se vio obligado a retroceder más allá de la laguna y por el cauce del riachuelo hasta dar contra un elevado talud de grava. Se fue desplazando gradualmente hasta llegar a un entrante del talud que los mineros habían excavado en ángulo recto, y allí se guareció, protegido por tres lados y teniendo que ocuparse únicamente del frente.

Y tan bien lo hizo que al cabo de media hora los lobos se retiraron, frustrados. Estaban todos con la lengua fuera y los colmillos blancos de luz de luna. Unos yacían en el suelo con la cabeza levantada y las orejas tiesas, otros estaban de pie mirando a Buck; y otros bebían agua en la laguna. Un lobo largo, flaco y gris se adelantó cautelosamente en actitud amistosa, y Buck lo reconoció como el hermano salvaje con el que había corrido durante un día y una noche. Gruñía suavemente, y cuando Buck hizo otro tanto, se frotaron los hocicos.

Entonces se acercó un lobo viejo, descarnado y cubierto de cicatrices de mil batallas. Buck contrajo los labios anticipando un gruñido, pero se olisquearon el hocico el uno al otro. Después, el lobo viejo se sentó y, mirando a la luna, soltó el prolongado aullido. Los demás se sentaron y aullaron a su vez. Y entonces la llamada le llegó a Buck con acentos inconfundibles. También él se sentó y aulló. Pasado lo cual, abandonó su posición y la manada se aglomeró a su alrededor olisqueando de un modo entre amistoso y salvaje. Los jefes emitieron el ladrido de marcha de la manada y partieron velozmente hacia el bosque. Los demás partieron detrás, ladrando a coro. Y Buck se puso a correr con ellos, al lado del hermano salvaje, ladrando él también.

Y aquí podría acabar la historia de Buck. No transcurrieron muchos años antes de que los yeehat notasen un cambio en la raza de los lobos grises, porque comenzaron a verse algunos con manchas pardas en la cabeza y el hocico, o con una franja blanca dividiéndoles el pecho. Pero más extraordinario aún es que recuerden un Perro Fantasma corriendo al frente de la manada. Los yeehat le temen porque es más astuto que ellos, se mete en sus campamentos a robar cuando el invierno es crudo, les desbarata las trampas, les mata los perros y desafia a sus cazadores más valientes.

Eso no es todo, hay historias peores. Historias de cazadores que no volvieron al campamento y de otros que fueron encontrados por miembros de su tribu con la garganta desgarrada y a su alrededor unas huellas en la nieve más grandes que la de un lobo. Cada otoño, cuando los yeehat siguen el movimiento migratorio de los alces, hay un valle en el que nunca se adentran. Y hay mujeres que se entristecen cuando alrededor del fuego se cuenta cómo fue que el Espíritu del Mal escogió como morada ese valle.

Sin embargo, el valle recibe todos los veranos una visita de la que los yeehat no llegan a enterarse. La de un gran lobo de espléndido pelaje, parecido, y sin embargo distinto, a todos los demás lobos. Atraviesa solitario la venturosa región de los bosques hasta alcanzar un claro entre los árboles. Allí fluye una corriente de aguas amarillas por sacos podridos de piel de alce que se hunde en la tierra, entre altas hierbas que protegen del sol ese amarillo, y allí permanece un rato y aúlla una vez de un modo prolongado y lastimero antes de partir.

Pero no siempre está solo. Cuando llegan las largas noches de invierno y los lobos siguen a sus presas en los valles más bajos, se lo puede ver corriendo a la cabeza de la manada bajo la pálida luz de la luna o el leve resplandor de la aurora boreal, destacando con saltos de gigante sobre sus compañeros, con la garganta henchida cuando entona el canto salvaje del mundo primitivo, el canto de la manada.

* * *

el fin

* * *

Printed in Great Britain
by Amazon